徳間文庫

十津川警部 疑惑の旅路

西村京太郎

徳間書店

目次

「C62ニセコ」殺人事件

プロローグ

どんな人間にも、弱点の一つや二つはあるものだ。

いや、弱点といういい方は適当ではないかもしれない。当人は、それを弱点とは思わず、むしろ長所とか美点と考えているかもしれないからである。

早川《はやかわ》興業の社長、早川卓次《たくじ》は、一代で従業員八百人、年商五百億円の会社を作りあげた男である。

年齢は、まだ五十八歳。働き盛りだが、唯一の弱点は、子供のころの夢を今になっても追い続けていることだった。

早川は東北に生まれ、子供のころ蒸気機関車に憧《あこが》れ、機関士になりたかった。その夢が捨て切れず、世田谷《せたがや》の邸の庭にはD51型機関車が一両置かれている。解体することになっていたのを買い取ったのだ。

早川は仕事に疲れたときなど、これも払い下げ品を買い取った機関士の制服を着て、ひとりで機関車の運転席に乗ることがあった。将来は、郷里の宮城県内に広い土地を買い、線路を敷《し》き、実際に機関車を走らせたいと思っていた。

これを果たして、早川の弱点と呼べるかどうかわからない。彼自身は男の夢と思っていたし、彼を取り上げた週刊誌は優雅な趣味と書いていたからである。

しかし、これを早川の弱点だと確信していた人間がいる。

早川を葬りたいと思っている人間だった。

第一章　レトロ列車

1

　ＳＬの美しさが見直されてから、各地でＳＬを走らせようという運動が起きている。山口線を走るＳＬは有名だが、その他にも大井川《おおいがわ》鉄道にはＣ１１型などが走っている。

　今年になって、北海道の小樽《おたる》─倶知安《くっちゃん》間でも一日一往復、Ｃ６２型と呼ばれるＳＬが運転されるようになった。

　Ｃ６２型蒸気機関車は日本で最後に製造されたＳＬで、もっとも大きく馬力があり、東海道本線などの主要幹線で特急列車を牽引《けんいん》して活躍していた。

　最後は北海道で急行「ニセコ」を引いていたが、その中の一両のＣ６２型３号機は、昭和四十八年九月に廃車になり、小樽市の北海道鉄道記念館に保存されていたのである。

その後、ＳＬを見直そうという声が起き、民間の有志が集まって、北海道鉄道文化協議会（鉄文協）を作り、ＪＲ北海道に働きかけてこのＣ６２型３号機を動かすことにしたのである。

今でも鉄文協の会員が、ボランティアとして働いている。

「週刊２１」の記者、矢木《やぎ》は、その程度の知識を頭に入れて「Ｃ６２ニセコ」の取材に北海道へ出かけた。

編集長が立てた企画は、「今年の夏は、ＳＬで楽しもう！」というものだった。

他の記者が山口線や大井川鉄道に乗ることになっていた。

矢木は七月十六日、ＪＡＬに乗って北海道に飛んだ。

この日は札幌市内で一泊し、矢木は時刻表を片手に小樽行きの列車に乗った。

早めの列車に乗ったので、午前九時には小樽に着いてしまった。

時刻表によれば、ＳＬ「Ｃ６２ニセコ」は次のように、運行されている。

運転されている期間は、六月十六日↓七月十三日、七月十六日↓八月二十一日、二十七日、二十八日となっている。

C62ニセコ

上り（SL 快速 全）		下り（SL 快速 全）
9.51	小樽	15.45
10.16	余市	15.18
11.15	倶知安	14.10
（1号車のみ乗車できます）		（5号車のみ乗車できます）

矢木は1号車のみ（5号車のみ）乗車できますの意味がわからなかった。

他の車両にはなぜ乗れないのだろうかと不思議に思い、矢木はＪＲに問い合わせてみた。

その結果わかったのは次のようなことだった。

「Ｃ６２ニセコ」は客車五両で編成されている。

このうちの一両、3号車はＵＣＣコーヒーのカフェカーになっている。その他の四両に乗客が乗るわけだが、そのうちの三両は鉄文協とＪＡＬツアー用の特別車となっているので、個人で乗れるのは一両だけなのだという。

矢木は早く着き過ぎたので駅弁を買い、ホームのベンチに腰を下ろして食べることにした。

まだ時間があるのに、乗客が2番ホームに集まって来た。

カメラを持っている客が多いのは、入線してくる「Ｃ６２ニセコ」を撮《と》るつもりなのだろう。

九時七、八分過ぎに、巨大な蒸気機関車C62型が五両の客車を牽引して姿を現わした。が、すぐには2番線に入らず、引込み線に停車して待機する形となった。

やがて、「C62ニセコ」がバックで2番線に入って来た。

矢木は間近で見て、改めてC62型の大きさに感嘆した。それに、スマートな新幹線にはない鋼鉄の逞《たくま》しさを感じた。黒光りする車体、巨大な動輪、むき出しになっているパイプ、そうした素朴な機械のかたまりといった感じが、今の若者に親しみを感じさせるのだろう。

この列車に乗る車掌も、レトロブームに合わせて昔の制服を着ている。

特に、金色の線の入った帽子がパリの警官の帽子みたいで、矢木には面白かった。さっそくカメラを向けたが、乗客にもそんな恰好《かっこう》の車掌の姿は人気があって、札幌車掌区の二人の車掌は、乗客に求められて盛んに記念写真におさまっている。

制服と帽子を借りて写真を撮ってもらっている子供もいた。

矢木はホームの端から端へ歩き、さまざまな角度で「C62ニセコ」と乗客をカメラにおさめていたが、ファインダーをのぞいた眼が急にとまってしまった。

家族連れが多い中で、いやに目立つ若い女が、ファインダーの中に入ったからである。

矢木も若くて独身だから、どうしてもファインダー越しに、その女に注目してしまった。

美人だなとまず思い、次に、どこかで見た顔だなと思った。

彫りが深いので、サングラスがよく似合っている。

(ひとりで乗るのだろうか?)

と、いらぬ心配をしていると、ファインダーの中に男が入って来た。

男が何か女にいっている。女が笑っている。

(なんだ、連れがいたのか)

矢木は苦笑したが、その男の顔にも見覚えがあるような気がした。

(誰だったかな?)

と、思いながら、矢木は二度、三度とシャッターを切った。

矢木が1号車に乗り込むと、例の二人連れも同じ車両に乗って来た。

まだ夏休みに入っていないのとウイークデイのせいか、八分ほどの乗車率である。

定刻の九時五一分に、大きく汽笛をひびかせて列車は小樽駅を発車した。

C62は猛然と黒煙を吐き出して突進する。滑るように走るわけではなく、息せき切って走る感じなのがかえっていいのだろう。

車掌が車内検札にやって来た。それがすむと矢木は、車内の探険に出かけた。

3号車のカフェカーにまず行ってみた。

他の客車がブルーのボックス式の座席なのに、UCCと提携《ていけい》したこのカフェカーは茶系の木目《もくめ》で統一されている。

窓のカーテンも薄茶色である。

コーヒーを注文して、矢木が車内を見廻していると、あの男女も入って来た。

矢木の斜め前のテーブルに腰を下ろして、コーヒーを頼んでいる。

これもレトロ調の制服を着たボーイが、コーヒーを運んで来た。

新幹線に比べるとかなりゆれる。線路のせいもあるだろうし、カーブが多いこともあるだろう。ゆれるのもSLらしいと思っているうちに、矢木は女のほうの名前を先に思い出した。

美人女優で有名な榊由美子《さかきゆみこ》だった。

誰もが美人だというのだが、そのわりに人気が出ない女優である。

だが男のほうはなかなか思い出せなかった。

中年の男なのだ。髪に白いものが混じっているが、顔立ちは精悍《せいかん》な感じがする。

列車はオタモイ峠を登って行く。急行「ニセコ」はC62の重連で登ったらしいのだが、今は一両だけの機関車が、懸命に五両編成の客車を引っ張っている。

登り切ると今度は下りである。

塩谷《しおや》、蘭島《らんしま》と通過して最初の停車駅、余市《よいち》に着いた。

一〇時一五分である。

一分停車で余市を発車。

車掌がオレンジカードの販売に、カフェカーに入って来た。矢木は記事を書くのに必要と思い、七枚セットのC62シリーズというのを買うことにした。

オレンジカードを買うと「C62・3」と書かれた乗車証明書もくれた。3とは3号機のことである。

榊由美子もオレンジカードを買っている。男のほうはコーヒーを脇に置いてビールを飲んでいる。

余市を出てしばらくは平坦な盆地に果樹園が広がっているが、また登りとなる。今度は稲穂《いなほ》峠である。

やたらに登りおりがあるので、この線を別名、山線というのだろう。

混んできたので、矢木は立ち上がった。レジに行くとC62にちなんだSLグッズがたくさん置いてあった。

レジスターも古めかしい大きな機械で、レトロ調になっていた。

1号車に戻ってすぐ、列車はトンネルに入った。

稲穂トンネルである。これを抜けるとまた下り坂になった。

ブレーキがかかって、列車が駅に停まった。

時刻表では通過になっている小沢《こざわ》駅である。

どうやらこの路線は単線なので、下り列車とこの小沢で交換ということらしかった。

小沢では乗客の乗り降りはないことになっていたが、ドアが開くと同時に、乗客はどっとホームに飛び出して、小樽と同じように撮影会になった。

ドアの開閉は余市駅でもそうだったが、腕に赤い腕章をつけた「鉄文協」の会員が当たっている。ボランティア活動ということのようだった。

十分間停車といわれているので、ホームに降りた人たちはのんびりしている。

機関士と車掌は引っ張りだこで、乗客と一緒にカメラにおさまっていた。

矢木もホームに出て、木造の小沢駅の建物を写したり、停車している列車や乗客たちを撮りながら、改めて日本人というのはカメラ好きだなと思った。

大人も子供もカメラを持っているし、中にはビデオカメラを構えている乗客もいた。

いつもなら静かな山間《やまあい》の駅なのだろうが、今日は賑《にぎ》やかな歓声がこだましている。

その主役は、もちろん「C62ニセコ」である。

C62型機関車は、ときどき白い蒸気を吐き出していて、黒い巨大な動物がひと休みしている感じがする。

十分間、十分に休んだC62は大きな汽笛の音を山間にひびかせて、小沢駅を離れた。

あと十五分間、倶知安まで最後の走りである。

また峠である。倶知安峠を黒煙を吐きながら登って行く。

窓を開けて、矢木は写真を撮った。が、機関車の吐き出す煙が顔に当たった。煙が車内に入ってくるのだが、誰も文句をいわなかった。

みんな窓を開けて身を乗り出し、蛇行《だこう》する列車をカメラにおさめようとしているのだ。

前方に富士に似ているといわれる羊蹄山《ようていざん》が、見えている。

国道がこちらの函館《はこだて》本線に沿って走っているのだが、気がつくと、ところどころに車が停まっていて、C62に向けてカメラを構えていた。

倶知安トンネルを抜けた。間もなく倶知安である。

矢木は窓を閉めてひと息ついたが、そのときになって、小沢駅であの男女がいなかったことに気がついた。

（また、コーヒーでも飲んでいるのだろうか？）

と、思い、矢木はカメラを下げて通路を歩いて行った。

カフェカーにもいなかったし、他の客車にも二人の姿はなかった。

一一時一五分。時刻表どおりに「C62ニセコ」は倶知安に着いた。

小樽から倶知安まで五十九・二キロ、時間にして一時間二十四分のSLの旅の終わりである。

2

改札口を出ると、駅前に「日本一の水」という看板が出ていて、その水呑み場で、今降りて来た乗客たちがのどをうるおしていた。

倶知安は、アイヌ語の「クチャウンナイ」（猟人の小屋のある沢）から来ているといわれる。

ここは有名なニセコの入り口でもある。標高一三〇九メートルのニセコアンヌプリを筆頭とするニセコ連峯がそびえ、その東南にはエゾ富士と呼ばれる一八九三メートルの羊蹄山がある。

ニセコは東洋のサンモリッツといわれるスキーのメッカだが、温泉や高山植物でも有名だった。

「C62ニセコ」で降りた乗客のうち、ツアー客の多くは駅前から専用バスに乗ってニセコ山の家へ出発して行った。食事をし、温泉に入って戻って来て、また帰りのSLに乗るのだという。

矢木はそのツアー切符を買ってなかったので、ひとまず駅前の食堂で、少し早めの昼食をとることにした。

以前は倶知安から伊達紋別《だてもんべつ》まで胆振《いぶり》線が走っていたのだが、今は廃止され、バス路線になっている。

矢木は昼食をすませると東京に電話をかけ、もう一度、帰りのSLに乗って小樽に戻ると告げた。

「C62ニセコ」が倶知安を出るのは一四時一〇分である。

まだ、あと二時間以上あった。編集長がニセコ周辺の写真も撮って来いといっていたので、矢木は駅前でタクシーを拾い、一四時までに倶知安駅に戻って来られる範囲でニセコの有名な場所へ行ってくれと頼んだ。

ひとりで旅行するときはタクシーを乗り廻すような贅沢《ぜいたく》はしないのだが、取材だから構わないだろう。

運転手が今ごろは高山植物の咲き乱れる時期だというので、標高一一一八メートルのイワオヌプリまで車で登って行った。なるほど斜面はキバイシャクナゲやイワヒゲなど高山植物のお花畑だった。

このあとニセコ五色温泉を見たりして、矢木は倶知安駅に戻った。

ニセコ山の家へ行っていたツアー客たちもバスで戻って来た。

倶知安から小樽へ片道だけ「C62ニセコ」に乗る乗客もいる。札幌からJRの貸切りバスでやって来た人たちが、それだった。途中、上りの「C62ニセコ」を撮影しながらやって来たのだという。

時間が来てホームに入って行くと、下りの「C62ニセコ」は黒煙をゆっくり吐き出しながら、ホームに待っていた。

一四時一〇分、倶知安駅を発車して、また三つの峠を越えるのだ。

倶知安を出るときはカメラを構え、発車の様子を撮っていたが、途中から疲れて、矢木は眠ってしまった。

眼をさますと列車は停まっていて、がやがやと騒がしい。

小樽に着いたのかと思い、あわてて起き上がったが、途中の余市の駅だった。

上りは、この余市に一分しか停車しなかったが、下りは二十二分間停まるというので、乗客の大半がホームに降りていた。

ホームではニッカウイスキーの無料接待などがあって、それで騒がしかったのである。

矢木も眼をこすりながらホームに降りてみた。

ニッカウイスキーの売店のまわりに、人だかりがしている。矢木も嫌いではないので、無料の試飲コーナーでは手を伸ばしてウイスキーをご馳走《ちそう》になった。

そのとき、矢木は人垣の中に例の男女を見つけた。

(いつの間に乗って来たんだろう?)

二人は車掌と楽しそうに話をしている。

一五時一八分に余市駅を発車したが、そのときにはもちろん、あの男女も乗っていた。

矢木は、ちらちら彼らのほうに眼を走らせていたが、小樽が近くなってきたころ、やっと男のほうの名前を思い出した。

一年ほど前、矢木が働いている「週刊21」で取りあげたことがあったのである。担当したのが矢木ではなかったので、思い出せなかったのだ。

(早川興業の社長だ)

と、思った。

別に矢木と親しい人間ではないのだが、それでも思い出せたことが嬉《うれ》しかった。

名前は確か早川卓次で、世田谷に豪邸を持っているはずだった。

(そうだ。早川はSL好きで、自宅の庭にD51型蒸気機関車を飾っていると出ていた)

それで、この「C62ニセコ」に乗りに来たのだろう。

と、考え、同時に、社長ともなると、あんないい女を連れて歩けるのかと羨《うらや》ましい気もした。

一五時四五分、小樽着。

小樽で、もう一泊してから、ゆっくり東京へ帰りたかったのだが、編集長に無駄なホテル代は払えないぞと脅かされてしまった。

仕方なく一六時五九分小樽発の列車で千歳《ちとせ》空港に向かった。

一八時四一分、千歳空港着。

一九時三五分発のJALに乗ると、矢木はすぐ、機上で眠ってしまった。三鷹《みたか》の自宅マンションに帰ったのは午後十一時過ぎである。疲れ切っていた。

翌日、矢木は寝呆《ねぼ》けまなこで出社した。

「すぐ、原稿にまとめてくれ」

と、編集長の田島《たじま》が大声で矢木にいった。

「わかりました」

「面白い記事になりそうかね？」

「SL好きの読者には、楽しい記事になりますよ」

と、矢木はいってから、

「そうだ、車内で面白い人物に会いましたよ。うちで前に取り上げたことのある早川興業の社長です。早川卓次が『C62ニセコ』に乗っていたんですよ」

「早川卓次？」

「そうです。それもすごい美人と一緒でした。誰かなと思ったら女優の榊由美子なんです。いい気なもんですよ。多少羨ましくはありましたがね」

「それ、本当か？」

と、田島が念を押した。

「本当ですよ。なぜですか？」

「今日の新聞を見なかったのか？」

「昨日、疲れ切って帰ったものだから、新聞もテレビも見てませんよ」

「そんなこと自慢になるか」

と、田島は怒ってから、

「早川の奥さんが殺されたんだよ。早川綾子《あやこ》だ」

と、いった。

矢木には、早川綾子といわれてもぴんと来なくて、

「そうですか」

「早川綾子がどんな女性か、知っているだろう？」

五十歳の田島は、じろりと矢木を見た。

「それは、つまり、早川卓次の奥さんでしょう？」

「それは、おれがいったことだろうが。早川綾子は田代優介《たしろゆうすけ》の娘だよ」

「と、いうと、国務大臣までやった田代のですか？」

「そうだ。早川は一代で現在の地位を築いたといわれている。確かに彼は立志伝中の人物だが、あそこまで大きくなれたのは田代のおかげなんだ。糟糠《そうこう》の妻と別れて田代

の娘を貰《もら》って、それで政界にも顔が利くようになったからね」

「なるほど」

「その夫婦仲が、最近よくないという、もっぱらの噂《うわさ》なんだ。早川にしてみれば、奥さんのおかげで大きくなったといわれるのが嫌だったんだろうし、奥さんにしてみれば、早川が最近女遊びばかりしているのに、腹を立てていたんだと思うよ」

と、田島がいった。

矢木は、やっと田島のいわんとすることがわかってきて、

「早川の奥さんは、いつ、どこで、殺されたんですか？」

と、きいた。

「札幌のホテルだよ。だから一層、君が見た早川が気になるんだ。奥さんが殺されたとき、同じ北海道にいたというのはね」

田島は、そうだろう？　という顔で矢木を見た。

「つまり、早川が邪魔になった奥さんを北海道へ連れ出して、殺したのではないかというわけですか？」

「まあ、おれが何かいうこともないんだが、そんな疑いも出て来たわけだよ」

と、田島はいってから、矢木がぼんやり考えていると、

「原稿は、しっかり書いてくれよ」

と、釘《くぎ》を刺した。

3

札幌駅前のSホテルで起きた殺人事件は、中央警察署に捜査本部が置かれた。

殺されたのは、東京の世田谷に住む早川興業の社長、早川卓次の妻、綾子、四十三歳である。

死因は絞殺であった。

前日の七月十六日に、このホテルにチェック・インし、市内見物をしている。

事件を担当することになった道警の三浦《みうら》警部は、東京世田谷の住所に電話で連絡をとった。

電話に出たのは若い女の声で、早川家のお手伝いということだった。

「社長さんは旅行に出ていらっしゃいます」

と、彼女はいった。

「すぐ、奥さんが亡くなったことを知らせてほしいんですがね」

と、三浦はいった。

「でも、どこへ行かれたかわかりません」

「奥さんが札幌で亡くなっているんだから、早川さんも札幌へ来ているんじゃないんですか？」

「奥様が札幌にいらっしゃるのは知っていましたけど、社長さんはわかりません」

と、お手伝いはいう。

被害者の早川綾子は、三日ほど札幌とその周辺を見物してくるといって、十六日の朝、出かけたのだという。

しかし夫の早川卓次は、行く先をいわずに十五日から留守にしているらしい。

「とにかく、早川さんの行方がわかったら、このことを連絡しておいてください」

三浦は怒ったような声でいった。

夫婦の間の連絡の悪さに腹が立ったのだが、考えてみると、夫の早川が殺したのかもしれないのである。

三浦は部下の刑事たちに、Sホテルでの被害者の行動を、もう一度調べさせた。

わかったことを一覧表に書き出していった。

○七月十六日　午後二時ごろ、Sホテルにチェック・イン。前日に電話で予約。スイート・ルームだが、ひとりで泊まりたいといっていた。
○同日　午後三時。タクシーを呼び、札幌市内を見物。午後六時にホテルに戻る。タクシーの運転手の証言によると、その間に他人《ひと》に会った形跡はない。午後九時十分ごろ、外から男の声で電話が入る。交換手に、早川綾子という女性が泊まっているはずだからつないでくれといった。
○七月十七日　午前七時。予約してあった朝食を部屋に運ぶ。八時には廊下に空の容器が出されていた。
午後五時。ルーム係が花を取りかえに入って、死んでいる被害者を発見し、警察に知らせた。


死体が見つかったときの部屋の様子は、鑑識が写真に撮っている。

その写真は黒板にピンでとめてあった。

三浦は改めて、その写真の一枚一枚を見ていった。

早川綾子が借りた部屋はスイート・ルームで、寝室の他に部屋がもう一つあり、応接三点セットが置かれている。

死体が発見されたのは、そちらの部屋だった。

ソファに俯《うつぶ》せに倒れる形で死んでいるのだ。

小柄な綾子は、白いブラウスと黒のスカートという恰好で、手にはシャネルの腕時計をしていた。

ツーピースの服もシャネルで、三十万近くするものだということだった。

部屋の中にあったハンドバッグもシャネルだった。かなりのお洒落《しゃれ》だったといえるかもしれない。

検死官は、死後三、四時間たっているだろうといったが、正確な死亡時間は解剖のあとでわかるだろう。

ハンドバッグの中に、運転免許証、ＣＤカード、二十五万円入りの財布などが入っていた。

早川綾子という女性については、東京の警視庁に協力を要請して調べてもらうことになったが、その連絡によれば、早川綾子は早川興業社長、早川卓次の妻で、最近、夫婦仲はあまりよくないということだった。

その早川卓次が中央署に駈けつけて来たのは、十八日の午前十一時過ぎだった。

さすがに青ざめた顔で、応対に出た三浦に向かい、

「私も旅行に出ていたものですから、おくれまして」

と、いった。

「とにかく遺体を見て、確認してください」

三浦は、解剖のために大学病院に運ばれている遺体を、早川に確認してもらうことにした。

病院の地下の霊安室で、早川は妻の死体と対面した。

早川は、ひと目見ただけで、

「間違いありません。家内です」

と、三浦にいった。

その顔に涙はなかった。声はかすれていたが、気のせいか悲しみのひびきは感じられない。

(夫婦仲がよくなかったというのは本当らしいな)

と、三浦は思いながら、

「いろいろと、お聞きしたいことがあるので、もう一度、捜査本部へ来てください」

「わかりました」

と、早川は素直に応じた。

捜査本部に戻ってから、三浦は早川に向かって、

「世田谷のお宅に電話したんですが、お留守でした。どこへお出かけだったんですか？」

「偶然かもしれませんが、私も北海道へ来ていました」

と、早川はいった。

「十五日に出かけられたそうですね？　お手伝いがそういっていましたが」

「そうです」

「北海道のどこへ行かれたんですか？」

「私は週刊誌にも書かれたことがあるんですが、ＳＬが好きでしてね。自宅の庭に、Ｄ５１機関車を払い下げてもらって、飾ってあるくらいなんですよ。将来は広い土地にレールを敷いて、走らせるつもりでいます」

「その週刊誌は見たことがありますよ。あれが早川さんだったんですか」

三浦は思い出して、いった。

三浦もＳＬは好きだったからである。

早川は微笑して、

「子供のときからＳＬが好きでしてね。今年、小樽—倶知安間をＣ６２が走っている

ので、どうしてもそれに乗りたかったんですよ」

「ああ、『C62ニセコ』ですね」

「そうです。十五日から小樽に来て、十六日と十七日の二日間乗りました。小樽―倶知安間をC62で往復しましたよ」

と、早川はいった。

「二日続けてですか？」

「そうです。何回乗ってもいいですね。あれは」

早川は子供みたいないい方をした。

4

それだけなら、ほほえましい話である。五十歳過ぎて、SL好きで、わざわざ東京から北海道まで乗りに来るというのも、楽しい旅である。

しかし殺人が絡んでいれば、話は別だった。

「あの列車は、確か一日一往復、走っているんだったな？」

と、三浦は部下の石田《いしだ》刑事にきいた。

「そうです。小樽—倶知安間を一日一往復しています」

「時刻表を持って来てくれ」

と、三浦はいった。

石田の持って来た時刻表の、函館《はこだて》本線のページを開いてみた。

午前九時五一分に小樽を出て、倶知安に一一時一五分に着く。帰りは倶知安発一四時一〇分で、小樽着は一五時四五分である。

三浦は、この時間を手帳に書き写した。

「十七日も、小樽—倶知安間を往復されたんですか？」

と、三浦は早川にきいた。

「もちろんですよ。あの列車のカフェカーというのは楽しいですね。警部さんも、ご存じと思いますが」

「残念ですが、私はまだ乗っていません」

と、三浦はいった。

「ぜひ、お乗りなさい。カフェカーでは、ウエイトレスもウエイターもレトロ調のユニフォームを着ていて、楽しいですよ。昔のカフェの雰囲気でね」

早川は本当に楽しそうにいった。その表情に、妻を失った悲しみは感じられなかった。

「証明は、できますか？」

と、三浦がきいた。

「証明？　何のことですか？」

「十七日に『C62ニセコ』に乗って、小樽―倶知安間を往復したという証明です
よ」

「そんなものが必要なんですか？」

「正直にいって、あなたは奥さんが殺された事件での容疑者の一人です」

三浦がいうと、早川は眉《まゆ》を寄せて、

「私は殺したりはしていませんよ」

「だから、それを証明してほしいんです。小樽―倶知安間の『C62ニセコ』に乗っ
ていたことが証明されれば大丈夫ですよ」

「証明といってもねえ」

と、早川は考え込んでいたが、

「写真を撮ったり、機関士や車掌と話をしたりしましたよ。それは証明にはならない
かな？」

「十七日だということがわかればいいですよ」

と、三浦はいった。

「調べてみますよ。わかるような写真などがあったら持って来ます」

「失礼ですが、おひとりで乗られたんですか？」

横から石田刑事がきいた。

早川け急に当惑した顔になって、

「それまで、いわなければいけませんか？」

「できれば、すべて、事実を話していただきたいと思いますね」

と、三浦はいった。

「これは誤解のないように聞いてもらいたいんですが、小樽で偶然、ある女性と会いましてね。彼女もＳＬが好きだというので、一緒に乗りました」

「名前も、教えていただけますか？　おそらく、その女性からも証言を頂くことになると思いますのでね」

「榊由美子です。タレントです」

「名前は知っています」

と、三浦はいった。彼女が出たテレビドラマをいくつか見たことがある。

「失礼ですが、彼女とはどんなご関係ですか？」

　また、石田刑事がきいた。

　早川は、「関係ですか」といって、しばらくためらっていたが、

「私の会社のコマーシャルに出てもらったことがありましてね。そのときに知り合いましたが、妙な関係はありませんよ」

「彼女は、なぜ小樽へ来ていたんですか？」

　石田は食い下がった。

　早川は眉を寄せて、このベテラン刑事を見た。

「そんなことまで答えなければいけませんか？」

「無理にとはいいませんが、差しつかえなければ答えていただきたいですね。何しろ、あなたの奥さんが、同じ北海道で殺されたわけですから」

　と、石田はいった。

「彼女も『C62ニセコ』に乗りたくて、小樽に来たんだといっていましたね。それ以上のことは知りませんし、もちろんホテルも別でしたよ」

　と、早川はいった。

「十六日も、彼女と一緒に『C62ニセコ』に乗られたんですか？」

これは、三浦がきいた。

「そうです。二日間一緒に乗りました」

「あきませんでしたか？」

と、三浦がきくと、早川はとんでもないというように手を振って、

「何日でも乗っていたいですよ」

と、いった。

5

その日のうちに、解剖結果が報告されてきた。

死因の絞殺は前からわかっていたが、三浦警部が注目していたのは死亡推定時刻だった。

それによって、容疑者である早川卓次のアリバイが左右されるからだった。

報告された死亡推定時刻は、十七日の昼の十二時から午後一時までの一時間だった。

三浦は、その時刻を「C62ニセコ」の時刻表と重ね合わせてみた。

「C62ニセコ」の往復に間違いなく乗っていたとすれば、小樽へ戻って来るのは一

五時四五分で、完全なアリバイが成立する。

ただ「C62ニセコ」は、一一時一五分に倶知安に着き、戻るのは一四時一〇分である。

その間、約三時間ある。

この三時間の間に倶知安から札幌まで行き、Sホテルで早川綾子を殺し、何くわぬ顔で倶知安に戻れないかということがある。

倶知安―札幌間は九十三キロ。特急列車は走らないが、快速「マリンライナー」が走っている。

この列車は、倶知安―札幌間を約二時間で走っている。往復で四時間余りで、とうてい倶知安には戻れないのだ。

「完全に乗っていれば、早川にはアリバイありだね」

と、三浦警部は石田刑事にいった。

「完全にというと、不完全乗車ということもあるわけですか？」

石田が眼鏡を光らせて聞いた。

三浦はニヤッと笑って、

「それが問題なのさ。時刻表を調べてみたんだが、『C62ニセコ』は、小樽―倶知安間で余市駅に停車する。そこがひょっとすると盲点になるかもしれないんだよ」

と、いった。

三浦が指摘したのは、次のようなことだった。

「C62ニセコ」は、一四時一〇分に倶知安から引き返すが、途中、余市に停車する。この余市発が一五時一八分である。

ひょっとして、早川は帰りの「C62ニセコ」には倶知安から乗らず、この余市から乗ったのかもしれない。

「もし余市から乗るとすれば、三時間の余裕ではなく、四時間の余裕があることになるんだよ。何とか札幌で殺人をやって、『C62ニセコ』に戻れるんじゃないかと思ってね」

と、三浦は石田にいった。

もちろん、早川卓次が完全に、「C62ニセコ」に往復乗っていれば、アリバイは成立してしまうのである。

早川は翌日、捜査本部に出頭して来た。

「DP屋に急がせて、写真の現像、焼き付けを何とかやらせました。大変でしたよ」

と、早川は三浦警部にいい、どさッと、写真の束を三浦の前に置いた。

「拝見します」

と、三浦はいった。

大変な枚数だった。

「小樽から倶知安へ行き、倶知安から戻って小樽に着く。その順番に並べてくれませんか」

と、三浦は早川にいった。

早川は口の中でぶつぶついいながら、写真を並べ始めた。

「もう一つ、十六日の写真は混ぜないでください」

三浦は釘を刺した。

「大丈夫です。ネガも持って来ましたから」

と、早川はいってから、

「私のほうも、一言、前もっていっておきますが、この中に倶知安に着いてからの写真がありませんが、それは前日の十六日に撮りまくってしまったからなんです。十六日に倶知安に着いてから、タクシーでニセコの温泉などに行っています。その写真は別に持って来ています」

「十七日は倶知安で何をしたんですか？」

「近くを歩いてみましたよ。彼女と二人でね」

と、早川はいった。

十七日の写真は、小樽で女と一緒にホームでカメラにおさまっているところから始まっている。

「それは、車掌に頼んで撮ってもらったものですよ。十六日に撮れなかったのでね」

と、早川が説明した。

女は榊由美子という女優だというが、なるほど華やかな美しさを持っている。

早川と車掌が二人だけで写っている写真もあった。これは彼女が撮ったものだという。

C62・3号機関車の正面に、機関士と一緒に早川が写っているものもあった。

「それも小樽で、彼女が撮ってくれたんです」

と、早川はいう。

「これが、十六日でなく十七日だという証拠はありますか？」

三浦は、写真を見ながらきいた。

「十六日は、小樽を出発するころ小雨が降っていたんですよ。調べてもらえばわかりますがね」

と、早川はいった。

確かに今、机の上にある小樽駅の写真では、空は青く晴れていて、陽が射しているのがわかる。

小樽の次は車内の風景だった。

3号車のカフェカーでは、レトロ調の席で、早川がカメラに向かって笑いかけている。

彼女と二人で並んで写っている写真もある。二人の前のテーブルに置かれているのはコーヒーとビールだった。

「それは、ウエイトレスに撮ってもらったんです」

と、早川はいう。

白い大きなエプロンをつけ、同じく白いヘアバンドを頭につけたウエイトレスである。そのウエイトレスと早川が一緒に写っている写真。

早川がノートに何か書いている写真もあった。

「これは何をしているんですか？」

三浦はその写真を見ながら、早川にきいた。

「カフェカーにノートが置いてあるんですよ。確か『SLひとりごと』というノートじゃなかったかな。私も少年に戻ったような気分で、感想を書いて来ましたよ。署名もしました」

「それは十七日ですか?」

「そうです。十七日です」

「なぜ十六日には書かなかったんですか?」

と、三浦はきいた。

「十六日に乗ったときは気がつかなかったんですよ。カフェカーに、あんなノートが置いてあるなんて」

「いつごろ、書いたのか、覚えていますか?」

「確か、倶知安に着く直前でしたね」

と、早川はいった。

これは、そのノートを調べればわかるだろう。

他に、窓を開けて早川が撮ったという走行中の列車の写真も何枚かあった。

次は戻りの列車に関する写真だった。

途中の余市駅のホームの写真が、またたくさんあった。

ニッカウイスキーの試飲コーナーに群がっている乗客。その中に、早川がいたり、榊由美子が笑っていたりする。

　売店で土産物を買っている早川。

「余市は往復とも停車するんですが、倶知安へ行くときは一分停車で、ホームに降りてる余裕はないんです。小樽へ戻って来るときは二十二分間も停まるんで、ゆっくり写真が撮れるんですよ」

　と、早川は丁寧に説明した。

　写真の他に早川は、「C62ニセコ」の乗車証明書も三浦に見せた。

　C62・3の絵と「C62・3」という大きな字が描かれ、JR北海道の文字があり、七月十七日の日付も入っている。

「車掌が車内販売しているオレンジカードを買うと、この乗車証明書をくれるんです」

　と、早川はいった。

　三浦は、もう一度、机の上に並べられた写真を見た。

「確かに、倶知安の写真が一枚もありませんね」

　と、三浦はいった。

「それは前にいったように、前日の十六日にやたらと撮ってしまいましたからね。何しろ、倶知安に着いたあと引き返すまでに、約三時間ありますのでね」

「その写真もありますか？」

「念のために持って来ました」

早川は、茶封筒に入った三十枚近い写真を、机の上にぶちまけた。

なるほど、倶知安の駅、ホームに停車している「Ｃ６２ニセコ」。それをバックに、写真におさまっている早川と由美子。

駅の前で撮った写真もある。

最後はタクシーで行ったニセコ高原の写真である。ニセコ五色温泉、ニセコ山の家などの前で、二人で並んで写っている。

「タクシーの運転手に撮ってもらったものですよ。確か鈴木《すずき》という人でしたね」

と、早川はいった。

「十七日は、ただ散歩しただけですか？」

三浦はきいた。

「前日に、行くべき所にはタクシーで行ってしまいましたからね。だから、十七日は倶知安駅から近くを、時間までぶらぶら歩いてみたんですよ」

と、早川はいう。

「写真は撮らなかったんですか？」

「前日に、ニセコ高原のきれいな景色は全部、撮ってしまいましたからね。それに、歩いたら疲れましてね。写真どころじゃなくなったんです。いつの間にか足が弱くなっていたんでしょうね。ぎょっとしましたよ」

早川は肩をすくめるようにしていった。

6

いったん早川を札幌市内のホテルに帰したあと、三浦は石田刑事に、小樽に行って「C62ニセコ」のカフェカーに備え付けてあるノートを借りてくるように命じた。

その日のうちに、石田はノートをコピーして持ち帰った。

七月十七日の分だった。

この日一日で、九人がノートに感想を書きつけていた。

「だいたい毎日、十人前後の乗客が書いていくそうで、十七日も普通だそうです」

と、石田刑事がいった。

早川卓次は、その七人目に、次のように書いていた。

〈昔、この区間をC62の重連が走っていたとき、乗ったことがある。それをなつかしく思い出した。
今後も、このC62を守って、毎日走らせてください。陰ながら応援します。
SL万歳
東京　早川卓次〉

問題は、これを早川がどこで書いたかということである。

早川自身は「C62ニセコ」が終点の倶知安に着く寸前に書いたといっているが、果たしてそうだろうか。

それを調べるのに、ちょうどよかったのは、早川の前に書いた人間が電話番号と名前を記入していることだった。


〈とうとうC62に乗ったぞ！

わくわくする。SLも、カフェカーも、全部素敵だヨ。

SL好きの若い女性、TELしてくれ。

〈０３—３２１—３×××
原田《はらだ》　淳《じゅん》〉

三浦は、この原田淳に電話をかけてみた。

若い男の声で、最初はのんびりと「もしもし」といっていたが、三浦が道警の刑事だと伝えると、急に突っかかるような調子になって、

「僕は悪いことはしていませんよ」

「それはわかっています。あなたは十七日に北海道で、『Ｃ６２ニセコ』に乗りましたね。そのときのことを話してもらいたいんですよ」

「ああ、そのことですか。ちゃんと料金を払って乗りましたよ」

「それもわかっています。あなたはカフェカーのノートに感想文を書きましたね？」

「あれは落書きですよ」

「こちらは、あなたがあれを書いた時刻を知りたいんです。列車がどの辺を走っているときでしたか？」

と、三浦はきいた。

「いつだったかなあ」

と、原田は考えているようだったが、

「書いて七、八分したら、終点の倶知安に着きましたね。時間は、ちょっとわかりませんよ」

「小樽を出てすぐということはありませんか？」

「それはありませんよ。今もいったように、書いてカフェカーを出てすぐ、終点の倶知安に着いたんだから」

と、原田はいった。

「念のために聞きますが、早川卓次という人を知りませんか？」

「いえ。誰なんですか？　そのハヤ何とかいう人は」

「知らなければ結構です」

三浦は、そういって電話を切った。

その日、捜査本部では捜査会議が開かれた。

三浦は写真全部を、黒板にピンで止めた。

「早川夫婦は仲が悪かったといわれています。現に今回の旅行でも、榊由美子と一緒でした。動機はあるわけです。恐らく妻の存在がうとましくなったんでしょう」

「それで、早川のアリバイはあるのかね？」

と、本部長がきいた。

「早川は問題の十七日には、榊由美子と『C62ニセコ』に乗って小樽—倶知安間を往復したといい、その証拠として、この写真、カフェカーの中のノート、それに、車掌から貰った乗車証明書を提出しています」

「写真に細工はされていないのかね？」

と、本部長がきいた。

「それはありません。ネガも提出されていますので」

「その列車が、間違いなく小樽—倶知安間を往復していれば、早川のアリバイは成立するんだね？」

「そうです。絶対に妻の綾子は殺せません」

「それで、君が検討した結果はどうなんだ？」

「彼は七月十五日の午後、小樽のKホテルにチェック・インしています。このときはひとりです。翌十六日、彼は小樽から『C62ニセコ』に乗りました。小樽で偶然、榊由美子に会ったと早川は証言していますが、これは恐らく嘘《うそ》だろうと思います。待ち合わせたんだと思いますね。十六日に小樽—倶知安間を往復したといっていますが、これはどうでもいいことです。十六日には事件が起きていないからです」

「榊由美子は十六日はどこへ泊まったのかね？　早川と一緒のホテルかね？」

「いえ、別のホテルです。早川のホテルと百メートルと離れていません」

「それで、彼女は今、どこにいるのかね？」

「東京に帰ったと思われます。今、警視庁の十津川《とつがわ》警部に依頼して、彼女のことを調べてもらっています」

と、三浦はいった。

「それで、早川のアリバイに対する君の結論を話してほしいがね」

本部長が三浦を見た。

「この写真は信用できますので、早川が由美子と七月十七日に『C62ニセコ』に乗ったことは間違いないと考えます。当日、この列車には二人の車掌が乗務していますが、この二人に電話で聞いてみました。早川と榊由美子の二人を覚えているかとです。車掌二人は早川たちのことを覚えていました。彼女が目立つ存在だからだといっていますし、また、早川が子供のように眼を輝かせて、SLのことをいろいろと質問をしたからだそうです」

「往復ともいたと、証言しているのかね？」

「そうです。ただ、小樽―倶知安間を、絶対に乗っていたかどうかは、わからないといっていましたね」

と、三浦がいうと、本部長は眉をひそめて、

「わからないというのは、なぜなのかね？」

「それはこういうことです。『C62ニセコ』では車掌は花形です。写真でわかるように、金モールのレトロ調の服を着ていますからね。絶えず乗客から一緒に写真を撮らせてくれといわれ、また、質問を浴びせられているそうです。従って、早川と由美子をいつも見ていたわけではないというわけです」

「なるほどねえ」

「早川と由美子が、一五時四五分に小樽に戻ったとき列車に乗っていたことは、車掌の一人が証言しています」

「すると、アリバイ成立かね？」

「一五時四五分に、二人が小樽に降りたとき、札幌で早川綾子はすでに殺されていますから、間に合いません」

「しかし、倶知安で降りたあと、札幌に行って妻の綾子を殺し、余市で何くわぬ顔で乗り込むことは、可能なのかね？」

本部長が、時刻表を見ながらきいた。

三浦も時刻表を写したメモを見ながら、

「それを調べてみました。『C62ニセコ』の倶知安着が一一時一五分です。それから列車で札幌に向かうとしますと、一一時三五分倶知安発の快速『マリンライナー』にしか乗れません。この列車の札幌着が一三時四〇分です」

「早川綾子の死亡推定時刻は何時だったかね？」

「十七日の昼の十二時から午後一時までです」

「一二時から一三時までとすると、一三時四〇分にしか着けないのなら、殺せないいんじゃないかね？」

「そのとおりです。列車では戻れません」

「あとは車か？」

「そうです。倶知安から札幌までを二時間四十五分以内で走れれば、殺人は可能です」

「可能かね？」

「この間は、函館本線では九十三キロです。道路は、倶知安—小樽が国道5号、小樽—札樽は札幌自動車道を利用できます。飛ばせば二時間四十五分以内に行けるはずです」

「タクシーかな？」

「石田刑事たちが倶知安に行き、駅前のタクシー全部に当たってくれましたが、十七日に早川なり榊由美子を乗せたという運転手は、見つかりませんでした」

と、三浦はいった。

「するとレンタカーか、盗難車を使ったか？」

本部長がきいた。

「北海道内のすべてのレンタカーの営業所に、電話で問い合わせてみましたが、十七日か、それ以前一週間の間に、早川卓次と榊由美子に車を貸したという返事は、ありませんでした」

「残るのは、盗んだ車でということだね？」

「そうです。早川は十五日に来ていますから、十五日か十六日に盗んでおいて、前もって十七日までに倶知安駅の近くに置いておけば、殺人は可能です」

と、三浦はいった。

「その可能性はあるのかね？」

「ゼロではありませんが、ほとんど考えられません」

「なぜだね？」

「車を十七日の朝に、倶知安駅前に置くことはできません。早川にしろ由美子にしろ、朝の九時五十一分には小樽駅に行っていなければ、『C62ニセコ』に乗りおくれてしまうからです」

「すると、前日の夜に、倶知安駅の近くに置いておく必要があるわけだね？」

「そうです。つまり十二時間前後も車は放置されていることになります。疑われたら、それで終わりです。倶知安駅の周辺で、十六日の夜から十七日の午前十一時ごろまで、不審な車がとまっていなかったかどうか調べました」

「それで？」

「とまっていなかったという結論です」

「すると、早川と榊由美子には、アリバイありということになってしまうのかね？」

「今のままでは早川は逮捕できませんし、東京へ帰るというのを、これ以上引き止めることもできません。残念ですが」

と、三浦はいった。

第二章　テレビ局で

1

早川卓次は逮捕されず帰京してしまったが、道警の依頼を受けている警視庁の十津川たちは、引き続き早川と榊由美子のことを調べることにした。

早川は、改めて東京の青山《あおやま》葬儀場で、殺された妻のために盛大な告別式を行なった。

十津川は亀井《かめい》と見に行った。政財界からの参列者も多かった。政界人が多かったのは、綾子の父親の関係でだろう。

次から次へ高級車が到着する。有名な政治家の顔も見える。

「大変なものですね」

と、亀井が感心して十津川にいった。

「だから早川が、あそこまで大きくなれたんだろうね」

「奥さんのおかげですか」

「それが、うとましくもなったんじゃないか」

「男というのはぜいたくなものですね」

「早川という男がわがままなんだよ」

と、十津川は笑った。

「しかし、これで、うとましい奥さんはいなくなったし遺産も手に入る。早川は楽しい人生が待っていることになりますね」

亀井は羨ましそうにいった。

「榊由美子の様子はどうなんだろう？」

十津川がきいた。

「西本《にしもと》君の話では、何事もなかったみたいにテレビの仕事をやっているそうです。清純派女優なら、ああいうことはマイナスイメージになるんでしょうが、彼女はそうじゃありませんから、平気でいるんでしょう」

「早川とのことが週刊誌の記事になったのかね？」

「芸能誌にのりました。早川のほうはイニシアルでしたが、彼女のほうは、きっちり名前が出ていたそうです」

と、亀井がいった。

「カメさんは、その記事読んだのかね？」

「私は読みませんが、うちのかみさんが読んだといっていました」

「二日間一緒にいたというと、早川との関係は本物だったということだね」

と、十津川はいった。

「芸能人ですから、遊びの気持ちもあったとは思いますがねえ」

「それにしても、殺された早川の奥さんが同じ北海道に来ていたというのは、やはり引っかかるねえ」

「偶然とは思えません」

「早川が呼んでおいて、殺したかな？」

「道警もそう考えているんでしょう？」

亀井がきき返す。

「だから、早川のことを調べたんだろうが、アリバイはあるし、殺人の証拠がないということで、二人とも逮捕できなかったんだろうね」

「これ以上見ていても仕方がないでしょう。そろそろ帰りますか？」

亀井が十津川にいった。

「そうだな。これじゃあ、まるで早川が、自分の交際範囲を自慢しているようなもんだ」

と、十津川は憮然《ぶぜん》とした表情になった。

二人は歩いて青山葬儀場を出ると、覆面《ふくめん》パトカーのところまで戻った。

その間も、まだ、車が次々に到着している。

「私は、早川が必死になって、自分は死んだ妻を愛していたんだと触れ廻っているように見えて、仕方がありません」

「カメさんは意外と皮肉な見方をするんだねえ」

「皮肉じゃありません。私はどうも、あの早川という男が気に食わんのです」

と、亀井はいった。

「奥さんが殺されたとき、他の女と一緒だったからかね？」

「そのとおりです。普通なら奥さんに申しわけないと、そればかり考えるんじゃないですか？　もし、自分が一緒にいたら、彼女は殺されずにすんだんじゃないか。そうした反省があってしかるべきでしょう。それなのに早川は、しゃあしゃあとして喪主《もしゅ》を務め、自分の力を楽しんでいますよ。あれは悲しんでる顔じゃありません」

「道警の三浦警部も、同じようなことをいっていたね。奥さんを失った悲しみはほとんど感じられなかったとね。むしろ楽しそうに、『C62ニセコ』の話をしていたそうだ」

と、十津川もいった。

二人は車で警視庁に戻った。

その日の夕刊は葬儀の模様を大きく扱っていた。

〈これで亡くなった家内も成仏《じょうぶつ》してくれると思います。もちろん、一刻も早く犯人が逮捕されることを願っていますが〉

これが、喪主である早川の談話だった。

もし早川が犯人なら、ずいぶんと人を食った言葉だといえるだろう。

2

盛大な告別式から三日たった七月二十六日の午後である。

東京四谷にある中央テレビの第一スタジオでは、クイズ番組のビデオ撮りが、間もなく始まろうとしていた。

ひな壇には、タレントの名前を書いた椅子《いす》が並んでいる。

今回の出席者である。

その中に「榊由美子」の名前もあった。

ADが控え室に、出席のタレントたちを呼びに行った。

全員が、じっと控え室で待ってくれているとは限らない。

時間ぎりぎりに飛び込んでくる売れっ子の歌手もいれば、疲れて控え室で寝てしまっている若手のタレントもいる。

一人、二人と、タレントたちがスタジオに入って来る。

プロデューサーが、いらいらしながらADを怒鳴りつける。

「みんな、もう来てるのか?」

「来ているはずなんですが」

「それなら、なぜ揃《そろ》わないんだ?」

「美代ちゃんはトイレに行ってます。あの娘《こ》は緊張するとトイレに行きたくなりますから」

「榊由美子はどうしてるんだ?」

「まだ来てませんか?」

「来てないから、あの椅子がカラッポなんだろうが」

「おかしいですね。彼女が一番早く来ていたんですが」

「もう一度、呼びに行って来い！」

プロデューサーが大声で怒鳴り、若いADは、ぶつぶつ口の中で文句をいいながら廊下に出た。

控え室をのぞいたが、そこにはもう誰もいなかった。

榊由美子のマネージャーは見つかったが、彼も由美子を探していた。

「さっき廊下で電話をかけていたんですがねえ。すいません」

と、マネージャーはADに向かって、ぺこりと頭を下げた。

「彼女、ちょっと、わがままなところがあるからねえ。まさか帰っちゃったんじゃないだろうね？」

「そんなはずはありません。この番組が好きで、早くから来てたんですから」

「じゃあ、どこにいるんだ？」

と、ADが文句をいった。

「忘れ物を、取りに行ったのかもしれません」

「どこに？」

「駐車場の車です。すぐ見て来ます」

と、マネージャーはいい、建物の裏手にある駐車場へ走って行った。

ＡＤは待っていたが、マネージャーはなかなか戻って来ない。

（何をしてやがるんだ？）

と、舌打ちしているうちに、パトカーのサイレンの音が聞こえて来た。

救急車のサイレンが、それに混じって聞こえた。しかも裏の駐車場のほうである。

若いＡＤは、あわてて駐車場のほうへ駈け出した。

駐車場には、タレントたちの乗って来た車が、ずらりと並んでいる。

救急車とパトカーが、ほとんど同時に到着して、救急隊員と警官がおりて来るのが見えた。

テレビ局のガードマンが、青い顔で見守っている。

「どうしたんだ？」

と、ＡＤはそのガードマンにきいた。

「なんでも、車の中で女優さんが殺されていたそうですよ」

と、ガードマンがいった。

3

救急車は結局、無駄になった。

榊由美子のマネージャーは、まだ助かるかもしれないと思って、救急車も呼んだのだが、すでに事切《こと》れていたのである。

由美子は、リアシートで死んでいた。

パトカーの警官は、すぐ捜査一課の出動を求めた。彼女の首筋に、明らかに絞められた痕《あと》が認められたからである。

捜査一課から十津川たちが鑑識と一緒に駈けつけたのは、さらに十二分後である。

十津川の顔が緊張していたのは、被害者が由美子と聞いたからである。

(北海道で起きた事件の続きではないのか？)

その思いが、駈けつける途中でも十津川を捕えていた。

白いベンツのリアシートに、榊由美子は横たわっていた。

首を紐《ひも》のようなもので絞められたらしい。鼻血が吹き出している。

「背後から絞められたみたいですね」

と、亀井がいった。

二十五、六歳の男のマネージャーは、声をふるわせて、

「信じられません」

という言葉をくり返していた。

「番組が始まるんで探していたんです。そしたら車の中で、こんなことになってしまっていたんです」

と、マネージャーは十津川にいった。

「誰かと車で一緒だったということは、考えられませんか？」

と、亀井がきいた。

「そんなことは、考えられませんよ。今もいったように、第一スタジオでクイズ番組の収録が始まるところだったんです」

「しかし、車にいたところを襲われたとしか思えませんがね」

「何か車に忘れ物をして、取りに戻ったところを狙《ねら》われたのかもしれません」

「何をですか？」

「わかりませんよ。そんなこと――」

「心当たりはないですか？」

「ありませんよ。他人に恨まれるような人間じゃないんです」

と、マネージャーはいう。

「早川卓次さんを知っていますか？」

と、十津川がきいた。

「早川さんのことは、あまり話したくありませんね」

「なぜですか？」

「週刊誌にあんなことを書かれて、困っていたからですよ。不倫したみたいにね。人気にかかわるので、抗議しようと思っていたところなんです」

マネージャーは眉をひそめていった。

「七月十六日と十七日に、榊さんは北海道へ行っていますが、あれは休暇をとって行ったんですか？」

「そうです。プロダクションに二日間だけ休みが欲しいといって、ひとりで出かけたんです。行く先は知りませんでした」

「彼女はＳＬが好きだったんですか？」

「さあ、わかりませんね。彼女からＳＬの話を聞いたことはありません」

「すると、ＳＬを見に行ったんじゃなかったのかな？」

十津川は小声でいった。自問の形だったが、マネージャーは聞こえたらしく、

「きっと呼び出されたんですよ」

「誰にですか？」

「決まっているじゃありませんか。その早川という金持ちですよ。彼女はきっと彼に利用されたんです。彼女、人がいいから」

「利用されたって、どんなふうにですか？」

と、十津川はきいた。

マネージャーは口をゆがめて、

「早川という金持ちは、奥さんが煙たくて別れたがっていたんでしょう？」

「そういう噂もありますね」

「そして、煙たい奥さんを殺してしまったわけでしょう？」

「それはどうですかね？　道警の調べでは、早川卓次にはアリバイがあったんですよ」

「そのアリバイ作りに、彼女が利用されたと思うんですよ。彼女は派手で目立ちますからね」

「利用しておいて殺したんですか？」

「今度は口封じですよ」

と、マネージャーはいった。

「早川には、いい印象は持っていないみたいですね？」

十津川はそんなきき方をしてみた。

マネージャーは眼をしばたたいて、

「彼女には忠告していたんですよ。あんな男とつき合うと、とんでもないことになるってですよ。それが、当たってしまったんです」

「彼女は、あなたの忠告を聞かなかったということですか？」

「ええ」

「なぜですかね？」

「あの男に欺《だま》されたんじゃないですか。金はあるし、一見、女には優しく見えますからね」

と、マネージャーはいった。

「彼のことをよく知っているんですか？」

と、十津川はきいた。

「少しはね。自分のためには何でも利用する男ですよ」

「そうですか」

「榊由美子の他にも、あの男にもてあそばれた女性タレントを知っていますからね」

と、マネージャーはいった。

彼がプロダクションに電話をかけに行ったあと、亀井が、

「あの男、榊由美子に惚《ほ》れていたんじゃありませんか」

と、小声でいった。

「そうだろうね。だから早川が殺したと決め込んでいるみたいだよ」

「札幌のホテルで殺された早川綾子も、確か絞殺じゃなかったですか?」

「そうだ。絞殺だ」

「同じ犯人の可能性もありますね」

「うちと札幌との合同捜査ということになりそうだね」

と、十津川はいった。

鑑識が現場であるベンツの車内の写真を撮り、指紋の検出に当たっている。

榊由美子の死体は、解剖のために運ばれて行った。

十津川は、部下の刑事たちに駐車場周辺の聞き込みをやらせた。

何といっても真っ昼間の犯行である。目撃者がいる可能性もある。

十津川はもう一度、マネージャーに話を聞き、次のことがわかった。

今日（二十六日）の午後三時から「クイズ・オブ・クイズ」のビデオ撮りのため、榊由美子はマネージャーの運転するベンツで二時十五分に中央テレビに着いた。

「いつもはぎりぎりに行くんですが、今日は珍しく彼女の用意がよくて、早く着いたんです」

と、マネージャーはいっている。

テレビ局に着くとすぐ由美子は、どこかへ電話をかけた。これはマネージャーが見ているが、相手は不明である。

そのあとマネージャーは、彼女が控え室で待機しているものとばかり思っていたのに、車に戻って死んでいたのだといった。

車には忘れ物をして戻ったと思うと、マネージャーはいう。

しかしリアシートに、それらしきものは何も見当たらなかった。とすると、マネージャーの言葉とは違って、榊由美子は忘れ物を取りに車に戻ったのではなく、誰かに会いに行ったと考えるべきだろう。

そして殺されたのだ。会いに行った相手は犯人かもしれない。

由美子は中央テレビに着いてすぐ、誰かに電話した。その相手が犯人ではなかったのか。

電話に出た犯人が、彼女に駐車場の車に来いといい、殺したのではないのか？

第一、スタジオでの収録が迫っているとき、彼女を車に呼び出せるのは、よほど親しい人間でなければならないだろう。

例えば十六、十七日の両日、一緒にＳＬの旅を楽しんだ早川卓次のようなである。

「早川が怪しくなってきますね」

と、亀井がいった。

駐車場周辺の聞き込みはうまくいかなかった。

駐車場が満杯《まんぱい》になっていて、事件の起きた時刻には新しい車が入って来ていなかった。そのため、目撃者が見つからないのである。

もう一つ、テレビ局は人の出入りが激しい。守衛ががっちりガードして、人の出入りをチェックしている局もあるが、中央テレビの場合は、ロビーなどまったく自由だし、駐車場もである。

従って、不審な人間が出入りしていても、それを怪しむ局員はいなかったのだ。

榊由美子が殺された時刻は、マネージャーの証言で、かなり限定できた。

彼女がマネージャーの運転するベンツで、中央テレビに着いたのは二時十五分。三時の収録スタートまでに駐車場で殺されていたのだから、この間ということは、はっきりしている。

また、由美子はテレビ局に着いてから電話をかけ、そのあと駐車場に行った。この時間を十五、六分と考えれば、死亡推定時刻は二時三十分から三時までの三十分間に限定してもいいだろう。

「早川のアリバイを調べてくるかね」

と、十津川は亀井に声をかけた。

早川興業本社は新宿西口の超高層ビルの中にあった。

早川は、そこの社長室にいた。

三十五階の社長室からの眺望は素晴らしかった。

「ここにいると、天下を取ったような気持ちになりますよ」

と、早川は窓の外に眼をやって、十津川たちにいった。

まだ外は明るく、遠くに富士が見えた。

「榊由美子さんをご存じですね？」

と、亀井が早川の背中に向かって、きいた。

早川は振り返って、

「彼女がどうかしましたか？」

「今日の午後、中央テレビの駐車場で殺されました」

「まさか——」

と、早川は絶句して、じっと十津川を見ていたが、

「なぜ？」

と、きいた。

「理由はわかりませんが、物盗りの犯行じゃありません。それにテレビ局の駐車場ですからね。顔見知りの犯行としか考えられませんね」

「まさか、私が犯人だと思っておられるんじゃないでしょうね？」

早川は、十津川の顔色を盗み見るような眼になっている。

「あなたが殺したんですか？」

と、亀井が逆にきいた。

早川は顔を真っ赤にして、

「私が、なぜ、そんなことをしなければならんのですか！」

と、急に声を荒らげた。

（感情の起伏の激しい男だな）

と、十津川は思いながら、

「今日の午後二時半から三時まで、どこにおられました？」

と、きいた。

「アリバイですか？」

「そうです」

「多分、車を運転して走り廻っていたと思いますよ。私は社長室にふんぞり返っているタイプじゃないんでね。自分で車を運転して、チェーン店を飛び廻っているんです」

「すると二時半ごろ、どこかのチェーン店にいたということは考えられますね？」

「そりゃあ考えられますが、一つの店に五、六分しかいませんからね。何しろ店の数が多いんですよ」

「中央テレビの近くにも店がありますか？」

「中央テレビというのはどこですか？」

「四谷三丁目です」

「ああ、ありますね」

「そこへも、今日、行きましたか？」

「もちろん行きましたよ。毎日、全店を廻ることにしていますからね。一店でもおろそかにすると、その店の士気に影響しますのでね。これは上に立つ者の守らなければならないことでしてね。全部の店、全部の社員に対して、社長たるもの平等でなければいかんのです」

「四谷三丁目の店に行かれたのは、何時ごろですか？」

「何時だったかな。それは向こうの店の人間に聞かれたほうが、いいんじゃありませんか？　私がいえば、嘘をついているんじゃないかと疑われるでしょうからね」

早川は皮肉な眼つきをした。

十津川は冷静にそのチェーン店の電話番号を聞き、亀井にかけさせた。

彼が社長室の電話で問い合わせている間に、十津川は早川に、

「失礼ですが、榊由美子さんとはどんなご関係ですか？」

と、きいた。早川は笑って、

「関係なんかありませんよ」

「しかし、二日間も一緒にＳＬに乗られたわけでしょう？」

「それは偶然、小樽で会ったからですよ。私は彼女がＳＬに乗りに来ているなんて、知りませんでしたからね」

「しかし、彼女のマネージャーの話では、あなたが彼女にいろいろと声をかけたりしていたといっていますがねえ」

「そりゃあ、私だってきれいな女は好きですよ。それに、うちの会社のCMに出てくれたタレントだから、食事に誘ったりしたことはありますよ。しかし、深い関係なんかありませんでしたよ」

「すると、彼女と十六日、十七日の二日間『C62ニセコ』に一緒に乗ったのは、あくまで偶然だったわけですか?」

「そうですよ。私だってびっくりしたんだから。まあ、向こうから、声をかけてくれば、冷たくもできませんのでね。二日間、一緒に行動しましたよ」

と、早川はいった。

電話をかけていた亀井が、十津川の横に戻って来て、

「二時過ぎに早川社長が来たといっています」

と、小声でいった。

「それで何時までいたんだ?」

「五、六分で帰ったといっています」

と、亀井がいう。

十津川は視線を早川に戻して、

「早川さんの車には、自動車電話がついていますか？」

「もちろん、ついていますよ。一分間も無駄にできませんから、自動車電話は必要ですよ」

「二時十五分ごろ、榊由美子さんから、自動車電話にかかって来ませんでしたか？」

「いや、かかりませんよ。北海道から帰って以来、彼女には電話していないし、かかっても来ませんよ。もちろん会ってもいません」

と、早川は強い口調でいったあと、逆襲するように、

「家内を殺した犯人は、まだ見つからんのですか？　つまらない疑いを私にかけている暇があったら、一刻も早く犯人を見つけてくださいよ」

「その捜査は道警でやっています」

「しかし同じ警察じゃありませんか」

「そのとおりです。警察としての責任は取らなければいけません」

と、十津川はいった。

「家内を殺した犯人は見つかりそうなんですか？」

「その件で質問して構いませんか？」

「どんなことですか？　私にわかることならいいですがね」

「奥さんは、何をしに札幌へいらっしゃったんでしょうか？」

と、十津川がきくと、早川は肩をすくめて、

「知りませんね。私はひとりでＳＬを見に行った。私の唯一の趣味ですのでね。そのあと、家内がどこへ行ったか、私は知りませんよ。同じ北海道へ来ているとわかっていたら、一緒にどうだと誘ったと思いますよ。もっとも、家内はＳＬを楽しむというような趣味はありませんでしたがね」

「奥さんはＳＬは嫌いだったんですか？」

「嫌いかどうかは知りませんが、趣味ではなかったですよ。私がＤ５１を購入して庭へ置くときも、あまりいい顔はしませんでしたからね」

と、早川はいった。

「奥さんとの仲が、よくなかったという話を聞いていますが、その点はどうなんですか？」

亀井が遠慮なくきいた。

早川は苦笑しながら、

「陰口には、もう馴《な》れっこになっていますよ。他人《ひと》の眼には、どう見えていたかわか

りませんが、家内とは結構うまくいっていましたよ」

「綾子さんは二人目でしたね?」

「そうです」

「前の人とはどうして別れたんですか?」

亀井がきくと、早川は顔をしかめて、

「そんなことが捜査に必要なんですか?」

「ひょっとして、先妻の方が事件に関係しているかもしれませんからね」

と、亀井が苦しいいい方をした。が、早川は笑って、

「彼女と別れて、もう何年になると思っているんです? 全然、関係ありませんよ」

「では、早川さんは、誰が奥さんを殺したと思っているんですか?」

と、十津川はきいた。

「正直いってわかりませんね。ひょっとすると、私のことを妬《ねた》んでいる人間が、家内を殺したかもしれないと考えてみたこともありますがね」

「それはどんな人ですか?」

「いろいろといますよ。私は一応、この世界では成功した人間です。ずいぶん妬まれていますよ。最近でも、殺してやると、ナイフを持って追いかけられたことがありま

すからね」

「それは誰ですか？」

「西崎《にしざき》という男ですよ。六本木でクラブをやっていたんですが、最近、経営が苦しくなったのを私のせいにして恨んでいたんです。自分の才能のなさを反省すりゃあいいのにね」

と、早川はいった。

4

十津川と亀井は、その西崎という男に会いに六本木に廻ってみた。

雑居ビルの六階にあるクラブだが、早川興業の経営するクラブも同じビルの中にあった。

「なるほどね」

と、肯《うなず》きながら、十津川は西崎の店に入った。

西崎は五十歳ぐらいの小柄な男だった。ナイフを持って早川を追い廻した男には見えなかった。

十津川が、その件について話してほしいというと、西崎は笑い出した。

「あいつは、そんなことをいってるんですか」

「どうなんですか?」

「あいつの商売の仕方があまりにもえげつないから、向こうの店へ文句をいいに行ったんですよ。そうしたら早川の奴、殴り込みに来たとでも思ったんですかね。ボーイ二人で、私を押えつけにかかったんですよ。それで私は、傍《そば》にあった果物ナイフを手に持って、その二人のボーイを脅《おど》しましたよ。とにかく、屈強な男たちでしたからね。それを、あいつのいい方だと、私がナイフを持って追い廻したことになるんですよ」

「なぜですかね?」

「そりゃあ、私を悪者にして、ここから追い出すためですよ。現にあのあと、あいつは私を脅迫で告訴しましたからね」

「それで?」

「まあ、裁判所は取り上げませんでしたが、週刊誌の中には、私を暴力団みたいに書いたものもありましたよ。おかげで、うちはなおさら、お客が来なくなりましたがね」

西崎は憮然とした顔でいった。

「早川の奥さんが札幌で殺されたことは知っていますか？」

「新聞で読みましたよ」

「誰が殺したと思います？」

と、十津川がきくと、西崎は眼をむいて、

「私が知るわけがないでしょう？　あいつの奥さんには一面識もありませんからね」

「早川卓次が犯人じゃないかという噂もあるんですが、これはどう思います？」

亀井がきいた。

西崎は肯いて、

「それが正解じゃありませんか。あいつはそんな男ですよ」

「七月十七日は、どこにおられました？」

と、十津川がきいた。

「私のアリバイですか？」

「念のために、お聞きしただけです」

「十七日は、昼まで寝ていて、昼から、友人と釣りに行きましたよ。三浦半島の走《はしり》水《みず》です。帰ったのは午後六時ごろだったかな。それから店へ出ました。友人に聞いてみてください」

と、西崎はいい、その友人の名前を十津川にいった。

最後に十津川たちは、早川綾子の実家に行ってみた。

久我山《くがやま》の豪邸に、ちょうど綾子の弟がいたので話を聞いた。

四十歳で、父親、田代優介の秘書をしているという田代圭一郎《けいいちろう》は、十津川たちに向かって、

「姉の結婚は失敗だったと思っていますよ」

と、いった。

「それはなぜですか？」

「まあ、性格の不一致というところでしょうが、最初から早川さんには、姉に対する愛情がなかったような気がしているんです」

「それなら、なぜ早川さんは結婚したんですかね？」

「父の政治家としての地位を利用したかったんでしょうね。父はそれを知っていたんだと思いますよ。父は終始反対でしたから」

「すると、綾子さん自身が結婚したがったというわけですか？」

「そうですね。姉は、あのころ、婚期を逸していたし、早川さんのプレゼント攻勢が大変だったですからね。毎日のように贈り物を持って姉に会いに来ていました。それ

を姉は、自分に対する愛情と思ったんじゃありませんか。僕も、あのころは、早川さんは姉をこんなに愛しているのかと思いましたからねえ」

と、田代圭一郎はいった。

「最近は、早川夫婦の間は冷え切っていたと思いますか？」

と、十津川がきいた。

「そうですね。姉も後悔していたと思います。そんなことも口にしていましたから」

「すると、綾子さんは離婚を考えていたんですか？」

「僕は、別れたほうがいいと思っていましたが、姉は負けず嫌いですからね。父の反対を押し切って結婚した手前もあって、なかなか離婚はしにくかったんだと思いますよ。こんなことになるのなら別れていたほうがよかったのにと思いますが」

圭一郎は、残念そうにいった。

「綾子さんは札幌で殺されましたが、十七日に札幌にいたのを知っていましたか？」

「いや、知りませんでした」

「犯人に心当たりはありませんか？」

最後に、亀井がきいた。

「ありませんね。姉が誰かに恨まれていたとは思えませんしね」

と、圭一郎はいった。

5

四谷署に捜査本部が設けられた。

道警の三浦警部から電話が入ったのは、午後八時近くである。

「お願いがあります」

と、三浦はいきなりいった。

「何ですか?」

「今日『週刊21』という雑誌が出ました」

「名前は知っていますよ」

「それに『C62ニセコ』の同乗記が出ているんです。それが七月十七日なんですよ」

三浦は大きな声でいった。

「事件の日ですね」

「そうなんです。きっと早川と榊由美子を見ていると思うんです。それで、この記事を書いた記者に会って話を聞いてくれませんか？　私も明日、東京へ行くつもりでいますが」

「では、これから、その記者に会って来ますよ」

と、十津川はいった。

すぐ、十津川は「週刊２１」社に電話してみた。

まだ記者の一人が残っていて、記事を書いたのは矢木という若い男だと教えてくれた。

十津川は矢木記者の住所を教えてもらい、亀井と会いに行った。

三鷹のマンションだった。

独身の矢木は、１ＬＤＫの部屋にひとりで住んでいたが、びっくりした顔で、十津川と亀井を迎えた。

「僕が何かしましたか？」

「いや、あなたの『Ｃ６２ニセコ』の記事のことでお聞きしたいだけです」

十津川がいうと、矢木は「ああ」と肯いて、

「早川綾子という人が殺された件じゃありませんか？」

「よくわかりますね」

「編集長にいわれたのを思い出したんですよ。僕が、『C62ニセコ』で、早川卓次がいい女と一緒にいるのを見たといったら、同じ日に彼の奥さんが札幌で殺されていると教えてくれたんです」

「それなら聞きやすいんだが、『C62ニセコ』は小樽—倶知安間を一日一往復するんでしたね？」

「そうです」

「十七日の朝、小樽で乗ったんですね？」

「ええ」

「そのとき、早川卓次と榊由美子はいましたか？」

「もちろんいましたよ。特に、女性のほうが目立ちましたからね」

「終点の倶知安まで、ずっと乗っていましたか？」

「それなんですがね。小沢までは乗っていたと思うんですが、その先はいなかったですよ」

「小沢？」

「そうです。小沢に停車したとき——」

「ちょっと待ってください。時刻表から書き写して来たんですが」

と、十津川はいって、手帳を開いた。

9.51	小樽
↓	
10.16	余市
↓	
11.15	倶知安

「これしか書いてありませんがね。小沢という停車駅はありませんよ」

と、十津川は矢木にいった。

矢木は笑って、

「僕も乗る前はそう思っていました。しかし実際には倶知安の手前の小沢駅で、下りの列車と交換するために停車するんです。単線なので」

「運転停車というわけですね？」

「そうです」

「それなら乗客の乗り降りはないし、第一ドアが開かないでしょう？　乗客は座席に座ったまま、出発を待つわけですね？」

「それが『C62ニセコ』の場合は違うんです。第一、この列車のドアは手動で開けられますし、十分間停車なので、ほとんどの乗客がホームに降りて、写真を撮っていましたね」

「時刻表じゃわからないな」

と、十津川は呟《つぶや》いてから、

「その小沢駅には、何時に着いたんですか？」

「一〇時五〇分で、一一時までの停車です」

「そのときに、早川と榊由美子がいなかったんですか？」

「いなかったというのは正確じゃありませんね。小沢で、乗客がどっとホームに降りて写真を撮っていたんですが、その中にあの二人がいなかったようなんですよ。それでおかしいなと思って、発車してから車両を全部見て廻ったんですがいませんでしたね。だから小沢で降りたんだと思いましたよ」

「倶知安に着いたとき、二人はいませんでしたか？」

「いなかったと思いますね。見ませんでしたからね」

と、矢木はいった。

「帰りはどうでした？　倶知安から乗ったんでしょう？」

「そうです。倶知安から乗りました」

「あの二人はどうでした？」

「見かけませんでしたね」

「小樽までですか？」

「いや、余市で見たんです」

「余市というと、時刻表でも停車駅になっていますね」

「しかし、時刻表では、停車時間はわからないでしょう？」

と、矢木はちょっと得意気な表情になって、

「実際には、ここに二十二分間停車するんです。上りのときは一分間しか停まらないのにですよ。だから、乗客がホームに降りて、また記念写真です。倶知安行きのときは一分停車で写真が撮れませんから。その他に、ニッカウイスキーの無料サービスなんかもありました。そこで、あの二人を見たんです。あれッと思いましたね」

「倶知安を出たときには、乗っていなかったからですか？」

「そうなんです」

「小沢から乗って来たということは考えられませんか？」

「それはありません」

「しかし、小沢でも運転停車するわけでしょう？」

「いや、下りの場合は小沢での交換がないので停車しないのです。その代わり、余市で二十二分間の停車です」

「すると、やはり余市で二人は乗って来たと？」

「ええ。他には考えられませんね」

と、矢木はいった。

「明日、道警の三浦警部が上京して来るので、同じことを話してください」

十津川は、矢木に頼んだ。

第三章　逮捕へ

1

翌日、三浦警部が上京した。

十津川は彼を羽田へ迎えに行った。声は聞いていたが会うのは初めてで、声では痩《や》せて背の高い男を想像していたのだが、意外に小太りの男だった。

パトカーの中で、十津川は昨日、矢木から聞いた話をそのまま伝えた。

三浦は眼を輝かせて聞いていた。

「やっぱりそうですか。実は私も、『C62ニセコ』にまだ乗っていないのですよ。時刻表を見て、それから早川の写真で、てっきり小樽―余市―倶知安しか停車しないと思い込んでいたんです。畜生！」

「早川は、『C62ニセコ』が小沢に十分間停車するのを隠していたわけですか？」

「そうなんです。きっと小沢で降りて札幌へ引き返したんだと思いますね。それを知られるのが嫌だから、時刻表にのっていないのを幸い、小沢で停車したのを黙っていたんですよ」

「小沢から引き返せば、札幌で早川綾子を殺せるんですか？」

と、十津川はきいた。

「倶知安まで行ってしまうと、時間的に間に合わないんです。これは調べました。だから早川は、小沢に停まったことを黙っていたんだと思いますね」

「小沢で降りれば間に合うことは、わかっているんですか？」

「いや、それはまだ検討していません。早川に欺《だま》されて、小沢に停車しないものとばかり考えていましたからね。しかし、早川が犯人なら必ず間に合うはずですよ」

三浦は断定した。

十津川は三浦を捜査本部の四谷署に案内し、矢木に来てもらうことにした。

矢木は七月十七日に撮った写真を、全部持ってやって来た。

彼は、百枚近いその写真を机の上に並べながら、

「雑誌では、この中の五枚しか使えなかったんです。早川卓次と榊由美子の写真もで

す」

と、いった。

小樽では二人が笑っている写真もあった。

カフェカーの中で二人を撮った写真もある。

「これも使いませんでした。榊由美子からクレームがつくといけないと、編集長が心配したんですよ」

「これが小沢駅ですね？」

と、三浦が何枚かの写真を指さした。

「そうです。二人が写っていないでしょう。それに倶知安で撮ったものにも、彼らは入っていません。小沢で降りたに違いありませんよ」

矢木は勢い込んでいった。

十津川は礼をいって、矢木に帰ってもらった。

「あとは小沢から引き返して、早川が奥さんを殺せたかどうかですね？」

と、十津川は三浦にいった。

「それですが、榊由美子を殺したのも、早川だと考えられるんですか？」

「アリバイは、ありません」

「それなら、一緒に『C62ニセコ』に乗ってみませんか？」

と、三浦は十津川を誘った。

「時刻表では検討できませんか？」

「今度のことで、実地検証をしなかったことを後悔しているんですよ」

三浦は苦笑して見せた。

「行きましょう。今度の事件は、『C62ニセコ』から始まっていますからね」

と、十津川はいった。

2

十津川は亀井に、引き続き榊由美子の身辺を調べておいてくれるように頼んでおいて、その日のうちに三浦と千歳へ飛んだ。

その夜、札幌のSホテルで一泊した。早川綾子が泊まったホテルである。駅前で、歩いて五、六分しかかからないだろう。そのことを十津川は頭に刻み込んだ。

翌朝、三浦と二人、札幌駅から普通列車で小樽に向かった。

小樽に着いたとき、問題のC62は、すでに側線に入って黒煙を吐いていた。準備運動をしている運動選手のように見えた。

九時三七分。

五両編成の客車を従えて、C62はバックで2番線に入って来た。

ホームにいた乗客たちが、一斉に蒸気機関車に群がって写真を撮り始めた。

「すごい人気ですね」

と、十津川はびっくりした。写真では見ていても実際に見ると、その人気に驚かされた。

駅員や車掌たちも大変である。記念撮影のモデルにされたり、シャッターを押してくれと頼まれたりしている。

C62も、乗客の機嫌をとるように、ときどき汽笛を鳴らし、白い蒸気を吹き出していた。

九時五一分。

「C62ニセコ」は小樽駅を発車した。

「煙が流れていきますよ」

と、三浦が嬉しそうに窓の外を指さした。

なるほど、白煙が流れていく。

窓を開けて、それを写真に撮っている少年もいる。

赤い腕章を巻いた青年が、窓から顔を出している子供を注意した。このC62を動かす運動をした「北海道鉄道文化協議会」の会員が、ボランティアで働いているらしい。

余市に停車した。が、すぐ発車した。一分停車だから、ホームに降りる乗客はいない。

二人は3号車のカフェカーにも足を運んでみた。

車内は完全なレトロ調である。茶色というよりアメ色といったほうがいいだろう。それに金色の真鍮《しんちゅう》の装飾があしらってある。

ウエイトレスは、昔のカフェを思わせるように、白いエプロンと白いヘアバンドという恰好だし、ウエイターのほうは、金筋の入った茶色のズボンとツメエリの上衣を着ていた。

十津川と三浦も、あいている席に腰を下ろしてコーヒーを頼んだ。二人がコーヒーを飲んでいる間に、「C62ニセコ」は小樽―倶知安間で最も長い勾配に差しかかった。

北海道らしい原生林を見ながら、力強く、煙を吐き出しながら、列車は急坂を登って行く。

トンネルを抜けると、今度は下り坂となった。

「あれがエゾ富士ですよ」

と、三浦が窓の外を指さした。羊蹄山《ようていざん》の美しい姿が、間近に見えた。

急カーブの連続なので、エゾ富士は右の窓に見えたり左に移ったりする。

やがて、山間の駅、小沢に着いた。一〇時五〇分である。

ドアが開いて、乗客がどっとホームに降りて行く。

特に蒸気機関車の周囲は、写真を撮ろうとする乗客でいっぱいの人だかりである。

そのあとから、十津川と三浦はホームに降りたが、誰も見ようとしない。

「十七日も同じで、誰も早川と榊由美子の動きには注意を払わなかったでしょうね。C62のほうに夢中で」

と、三浦がいった。

「つまり、自由に姿を消せたわけですよ」

と、十津川も応じた。

問題は、適当な札幌行きの下り列車があるかどうかだったが、考える必要はなかった。

すぐ、下り列車があったからである。

一〇時五三分小沢発の札幌行きの快速「マリンライナー」だった。

十津川と三浦は、この列車に飛び乗った。

「これで間に合うといいんですがね」

と、三浦がいった。

「マリンライナー」は各駅停車で走る。それが、やたらにまだるっこしく思えた。

「これで快速ですかねえ」

三浦はやたらにいらだっていたが、小樽築港駅を過ぎると急に快速らしくなって、どんどん小さな駅を飛ばして行く。

「間に合いそうですよ」

と、三浦は、にわかに元気がよくなった。

「早川綾子の死亡推定時刻は、十七日の正午から午後一時の間でしたね？」

十津川が確認するようにきいた。

「そうです。一二時から一三時までの間です」

「札幌駅からあのホテルまで五、六分だから、一二時五〇分までに着けば間に合いますね」

と、十津川はいった。

二人の乗った快速「マリンライナー」は札幌に着いた。

一二時三七分。

「間に合いましたよ」

と、三浦がニッコリした。

3

次は、下りの「C62ニセコ」に乗れるかどうかである。

札幌駅のコンコースで、三浦は、

「下りの『C62ニセコ』の余市発は、一五時一八分です。早川は、余市で何くわぬ顔で乗り込んだに違いありませんから、この時刻までに引き返せば、いいわけです」

「札幌のホテルで早川綾子を殺すのに、どのくらいの時間が必要だったかを考えてみようじゃありませんか。ただ単に駅とホテル間を往復するだけなら、二十分あれば十分でしょう」

と、十津川はいった。

「しかし、ホテルに入り、エレベーターであがって彼女の部屋まで行き、絞殺するとなると、十分間はみないといけませんね」

と、三浦。

「じゃあ両方で三十分とすれば、十分ですよ」

「われわれの乗った快速は一二時三七分に着いたから、一三時〇七分にはこの札幌駅に戻って来られるわけです」

三浦は、腕時計を見ながらいった。

二人は、一三時〇七分になるまで待ってから、上りの函館本線のホームへ歩いて行った。

小樽の先、余市まで行く列車は一四時一一分の快速「マリンライナー」までなかった。

これより前の列車は、いずれも小樽止まりだった。

とにかく一番早い列車にということで、十津川と三浦は一三時一〇分発の快速「マリンライナー」に乗った。この「マリンライナー」は、小樽行きである。

小樽着は一三時四七分だった。

二人は小樽駅のホームに降りた。

「あと一時間三十一分ありますよ」

と、三浦は嬉しそうにいった。

「余市までは何キロですか？」

と、十津川がきくと、三浦は持参した地図を広げて、

「二十キロですね」

「二十キロを一時間三十一分で行けばいいわけですか」

「車を使えば時間は十分すぎますよ。自転車でも間に合います」

と、三浦はいった。

十津川は念のために時刻表を調べてみた。

一四時一一分札幌発の快速「マリンライナー」は、余市発が一五時一七分になっている。

問題の「C62ニセコ」が余市を出発するのが一五時一八分だから、ぎりぎり間に合うことは間に合うのである。

いずれにしろ、早川卓次は、「C62ニセコ」から引き返して、札幌で妻を殺し、再び余市で列車に戻ることが可能だったことになる。

「やりましたね」

と、三浦が嬉しそうにいった。

「早川を逮捕しますか?」

「もちろん逮捕しますよ」

三浦は、きっぱりといった。

三浦が早川卓次の逮捕令状を貰うのを待って、十津川も同行して東京に戻った。

羽田には亀井が迎えに来ていた。

十津川は彼に、三浦警部ともう一人、石田刑事を紹介してから、

「早川は監視しているかね？」

と、きいた。

「西本刑事と日下《くさか》刑事の二人が、監視に当たっています」

「今はどこにいるのかね？」

「例によって、ベンツでチェーン店を走り廻っているはずです。西本刑事たちが尾行していると思います」

「向こうの自動車電話の番号はわかるかね？」

「調べてあります」

「それでは、世田谷の自宅に戻っているように伝えてくれないか」

と、十津川はいった。

亀井が、電話をかけて戻って来た。

「早川は、やはり自動車の中でした。すぐ世田谷の自宅に戻るといっていました」

「何のためにとは聞いていなかったかね？」

「別に聞きません。まさか自分が逮捕されるとは思っていないんでしょう」

と、亀井はいった。

十津川たちは二台のパトカーに分乗して世田谷の早川邸に向かった。

早川邸は、庭に実物のD51型機関車が置かれているということで、近所の評判らしかった。途中で道を聞くと、D51の機関車の家と教えてくれたからである。

邸の近くには、西本たちの覆面パトカーがとまっていた。

十津川は、彼らに「ご苦労さん」と声をかけてから、三浦警部と一緒に門を入って行った。

まだ、忌中《きちゅう》と書かれた玄関に立ち、十津川がベルを鳴らした。

若いお手伝いが出て来て、十津川たちは奥へ通された。

中庭に置かれたD51が、よく見える応接間だった。

早川が和服姿で現われた。微笑を浮かべているところをみると、まさか自分を逮捕しに来たとは、まったく思っていないらしい。

「今日はどんなご用ですか？　事件の解決に協力するのはやぶさかじゃありませんが」

と、早川はいった。

「事件は、もう解決しましたよ」

三浦がいうと、早川は膝《ひざ》を乗り出して、

「犯人は誰だったんですか？」

「犯人は、早川さん、あなただ」

「バカな！」

早川の顔から、さあッと笑いが消えた。

「これが逮捕状です。あなたを早川綾子殺害容疑で逮捕します」

と、三浦が冷静な口調でいった。

4

その日、早川は、いったん四谷署に留置されて、ここで三浦警部から取調べを受けた。

それには、十津川と亀井も同席した。榊由美子を殺した疑いも、早川にはかかっていたからである。

「七月十七日に、あんたは『C62ニセコ』に乗って、小樽—倶知安を往復したといっていた。だから、札幌のホテルで奥さんを十二時から午後一時までの間に殺すことはできないと、ね」

三浦警部は、じっと早川の顔を見つめながらいった。

早川は肯いて、

「そのとおりですよ。榊由美子と一緒に『C62ニセコ』で往復しました。証拠の写真も見せたじゃありませんか」

「これですか？」

三浦は、北海道から持って来た写真の束を、机の上にぶちまけた。

「そうです。この写真です。ネガもお渡ししたはずですがね。これで、私が『C62ニセコ』に乗ったことは証明されたはずですが」

「あの列車は、小沢駅には停車しなかったんですか？」

「小沢？　時刻表にそんな停車駅が出ていましたか？」

「時刻表にはない。だから誤魔化せると思っていたんですか？　そんなに警察を甘く見ていたんですか？」

三浦はじろりと相手を見た。

「何をいっているのか、わかりませんが」

と、早川はとぼけたが、顔色が青ざめている。

「私もうかつだった。実際には『C62ニセコ』は小沢に十分間停車し、乗客はホームに降りて列車を写しているんだ。あんたは小沢で降りて、札幌へ戻る列車に乗ったんだよ」

「そんなことはない。私は終点の倶知安まで行っている」

「嘘をついても駄目だ。小沢のホームの写真が一枚もないのはなぜなんですか？　みんな夢中になって写真を撮っているのにね。写真が撮れなかった理由はただ一つです。『C62ニセコ』は、一〇時五〇分に小沢に着く。そして、下りの札幌行きが小沢を発車するのは、一〇時五三分。三分しかないから、写真なんか撮っている余裕がなかったんだよ。一刻も早く、下りの『マリンライナー』に乗らなければならないからね。そして、この列車に乗れば、札幌で楽に奥さんを殺せるんだ」

三浦は、強い声でいった。

「ノートは、どうなるんですか？」

「ノート？」

「カフェカーに備え付けてあるノートですよ。あのノートに私が感想を書いたのは十七日で、『C62ニセコ』が倶知安に近づいてたころなんですよ。前後の記入者に聞いてもらえばわかりますよ」

と、早川は必死にいった。

「これですか？」

三浦は、そのノートのコピーを早川の前に投げ出した。

「ああ、これですよ。私の前に書いた人が電話番号まで書いてるから、問い合わせてくれれば、時間がわかりますよ」

「聞きましたよ」

「それなら、私のいうことが嘘じゃないとわかるでしょう？」

「確かに、この男は、倶知安に近づいてから書いたという。だから最初はあんたは、さらに倶知安に近くなってから、その感想を書いたと思った。しかしねえ。彼は最後の部分をなぜか小さい字で書いているんだ」

「それは私にはわかりませんよ」

早川は肩をすくめて見せた。

三浦は意地の悪い眼つきになって、

「知っているはずだがね。私も最初は疑問に思わなかった。ページがちょうどそこで終わりなので、最後を小さい字でくしゃくしゃと書いたんだろうとね。だが、もう一度彼に電話で聞いてみた。すると返事はこうだった。次のページまで書いていこうと思ってページをくったら、そこにはもう、誰かが書いていたので、仕方なく最後を小さい字で書いて誤魔化してしまったとね。それが、あんたなんだ。あんたは前日の十六日にも、『C62ニセコ』に乗っていて、何人ぐらいの乗客があのノートに記入するか見ていた。そして計算して、何ページか空けて、そこに感想を書いておいたんだよ」

と、三浦はいった。

早川は青ざめた顔で、しばらく黙っていたが、

「もし、私がそんなことをしてですよ。実際はしてないんだが、もし空けたページの中に書く人が少なくて、白いページができてしまっていたらどうするんです？　そんな危険を冒すと思うんですか？」

「あんたは、札幌で奥さんを殺したあと、もう一度『C62ニセコ』に乗っている。

もっとも途中の余市駅からだがね。そこで乗ってから、もう一度、ノートを見るチャンスがあるんだ。そのとき、もし空けておいた空白が埋まっていなければ、一緒に行った榊由美子が、そこへ書き込めばいいんだ。そうじゃないかね？」

「――――」

「あんたが、上りの『C62ニセコ』を小沢で降りて、下りの『マリンライナー』に乗るのを目撃した証人がいるんだ。週刊誌の記者だよ。彼は、あんたが帰りの『C62ニセコ』に余市から乗り込んで来たことも覚えているんだよ。諦《あきら》めて、奥さんを殺したことを認めるんだ」

「榊由美子が知ってる。彼女に聞いてくれれば、私が犯人じゃないことがわかるはずだ！」

と、早川が叫んだ。

一瞬、十津川は早川がおかしくなったのではないかと思った。

「何をいってるんだ。榊由美子は死んでるんだよ。殺されてるんだよ」

十津川がいうと、早川は「ああ」と力なく肯いて、

「そうでしたね。彼女は死んでいたんですね」

「何を呆《とぼ》けてるんだ！」

と、三浦は叱りつけるように、声を荒らげて、

「あんたが殺したんだろうが」

「私が殺すはずがないじゃありませんか。私にとって大事な証人なんだから」

早川がいった。

三浦は舌打ちして、

「よく、そんなことがいえるな。あんたは彼女と一緒に、小沢で降りて札幌へ戻った。だから、彼女は危険な証人なんだよ。喋《しゃべ》られたらそれで終わりだ。だから口封じに殺したんだ。あんた以外の誰が、彼女を殺すんだ？」

「私じゃない。私は、家内も、榊由美子も、殺してない！」

と、早川は叫んだ。

「裁判じゃあ、誰もそんな言葉は信じないだろうな」

三浦は、押えつけるようにいった。

それで今日の訊問《じんもん》は終わりだった。

明日、三浦警部と石田刑事が、早川を札幌へ連れて行く。

5

十津川と亀井は、その夜、捜査本部で泊まることにした。

石田刑事は起きていたが、三浦は仮眠をとっている。

十津川は自分でコーヒーをいれ、それを石田刑事と亀井にも配った。

「これで終わったのかな？」

と、十津川はコーヒーをかき廻しながら呟いた。

「終わったと思います。榊由美子を殺したのも彼に間違いありませんよ。十津川警部もそう思われているんでしょう？」

と、石田刑事がいった。

「今のところ彼以外に榊由美子を殺す動機の持ち主はいないがね」

十津川はそんないい方をした。

午前一時を廻って、石田刑事も仮眠をとりに行った。

残ったのは、十津川と亀井だけである。

十津川は二杯目のコーヒーを、カップに注いだ。今夜は、何となく眠る気になれなくなっていた。

「私はね。どうも、事件が終わったような気がしないんだよ」

十津川は、カップを手の中に置いて、亀井にいった。

「なぜですか？　今日、三浦警部に追いつめられて、早川は自供したようなものだと私は思いますが」

「確かに早川は、完全に参ってしまったようだったがね」

「それに、榊由美子を殺したのも早川ですよ。これで、二つの事件が同時に解決するんじゃありませんか？」

と、亀井は楽観的ないい方をした。

「そうだといいんだがねえ」

「早川は、早川綾子殺しを自供すれば、榊由美子殺しも自供しますよ」

「そうだろうか？」

「警部は、何を心配しておられるんですか？」

と、亀井がきいた。

十津川は二杯目のコーヒーをゆっくりと飲んでから、

「早川を訊問しているときだがね。彼が追いつめられて、突然、榊由美子に聞いてくれと叫んだろう？」

「カメさんも、あれですか」

と、十津川はきいた。

「確かにびっくりしましたが、あれは早川が追いつめられて、動転してしまったんでしょう。だから、思わず、あらぬことを口走ってしまった。私は、そう思いました。榊由美子が殺されたことは、よく知っているはずですからね」

亀井は、冷静な口調でいった。

「確かに、早川は追いつめられて動転したと思うね」

と、十津川はいった。

「それでも警部は納得できませんか？」

亀井がきく。

「イエスだよ」

「どこが納得できませんか？」

「それを今、頭の中で整理しているんだがねえ。早川の何が自分を当惑させているんだろうかとね。確かに、カメさんのいうとおり、彼が動転して、死んでしまっている榊由美子の名前を口走ったのかもしれない。しかし、あのときの早川の顔を思い出すと、どうしても当惑してしまうんだよ」

「まさか警部は、早川が本気で榊由美子に聞いてくれといったとは、思われないんでしょう?」

と、亀井が不思議そうにきいた。

「早川が本気でか――」

十津川は口の中で呟いた。

「あれは、動転してあらぬことを口走ったとしか、私には思えませんが」

「そうかねえ」

「第一、早川にとって榊由美子は、危険な証人のわけです。一緒に小沢から札幌行きに乗りかえたわけですからね。それに助けを求めるというのはおかしいんです。従って、動転して口走っただけですよ」

と、亀井はいった。

十津川は黙って、あのときの早川の表情を思い出していた。

あの表情は、亀井のいうように、動転してあらぬことを口走ったという感じでもある。

だが本当に、早川が、榊由美子に聞いてくれれば自分の無実がわかると信じていて、追いつめられたとき、彼女が死んでいるのを忘れて、思わずその名前を口走ってしまったことも考えられるのだ。

翌朝早く、三浦警部たちは、羽田から全日空機で早川を連れて行った。

その日の午後になって、三浦から電話が入った。

「早川の逮捕では、協力していただいて、ありがとうございました」

と、三浦は、まず丁寧に礼をいってから、

「こちらへ来てからも、まだ犯行を否認していますが、起訴には自信を持っています。早川が七月十七日に、殺人現場のSホテルで目撃されていることがわかりました」

「犯行時刻にですか？」

「そうです。目撃したのはホテルのルーム係です。四十五歳の女性ですが、午後一時近くに六階の廊下を足早に歩いている男を見たというのです。それで写真を見せたところ、早川卓次を確認しました」

「そのときの早川の様子はどうだったんですか？　榊由美子は一緒にいたんですか？」

「いや、早川ひとりだったそうです。そのルーム係と廊下でぶつかると、顔をそむけてエレベーターのほうに走って行ったそうです。一階のフロントが早川を見ていないのは、彼がロビーにおりずに、地階までエレベーターでおりて、ホテルを抜け出したからだと思いますね」

と、三浦はいった。

十津川は、彼も泊まった札幌のSホテルの構造を思い出しながら、

「確かに、地階の名店街から外に出られますから、フロントに見られずに抜け出せますね」

「そのとき早川は、奥さんを殺して逃げたんだと思いますね」

三浦は、弾《はず》んだ声でいった。

「早川には、そのことを話したんですか？」

と、十津川はきいた。

「いや、まだですが、早川がどういうか想像がつきますね。まず否定するでしょう。人違いだといってね。そして、ルーム係と会わせるぞというと、今度は自分が行ったときは、もう死んでいたというと思いますよ。このパターンはどの犯人でも同じです」

三浦は元気よくいった。

東京でも目撃者が現われた。

中央テレビの駐車場で、早川を見たという目撃者が出て来たのである。

滝田宏《たきたひろし》という三十歳の無名に近いタレントである。

滝田は、この日の午後二時半ごろ、仕事で中央テレビにやって来た。

まだ車は持っていないが、駐車場に赤いフェラーリがとめてあるのを知って、見たくなった。

滝田は、無類の車好きでフェラーリをかねがね欲しいと思っていたからである。

そのとき、駐車場から一人の男が走り去るのを見たというのだ。

十津川は、すぐ滝田に会って話を聞いた。

「サングラスをかけていましたが、あれは早川さんによく似ていましたよ」

と、滝田はいった。

「早川卓次を知っているんですか?」

「半年ほど前ですかね。榊由美子が早川興業のコマーシャルに出たことがあるんですよ。早川さんが彼女のためにパーティを開きましてね。僕も行って、そのとき早川さんに会ってるんです」

と、滝田はいった。

滝田のこの証言だけなら、十津川は、まだ確信は持てなかったと思う。滝田自身、「早川さんによく似ていた」といって、早川だと断言してはいないからである。

しかし、その後、中央テレビ横の道路に、白いベンツが十二、三分とまっていたことがわかった。

駐車禁止の場所である。

自分の店の前に、そのベンツをとめられた酒店の主人は、十津川に対して次のように証言した。

「文句をいおうと思ったんですが、ベンツというと、ヤーさんが多いでしょう。それで、我慢したんです」

「とまっていたのは、何時ごろですか?」

「二時半前後だったですよ。とまっていたのは十二、三分じゃなかったですかね」

「運転していた人間は見ましたか?」

と、十津川はきいた。

「いや、見てません。いつの間にか、消えていましたからね。ただ、長くとまっているようだったら、警察に電話してどけてもらおうと思って、ナンバーを控えておいたんです」

と、酒屋の主人はいい、メモを見せてくれた。

間違いなく早川のベンツのナンバーだった。

6

二度目の捜査会議が開かれた。

その席で本部長の三上《みかみ》刑事部長は、メモを片手に、

「今、入った連絡では、道警は早川卓次を、殺人の罪で送検することに決定したということだよ」

と、いった。

「早川は自供したんですか？」

と、十津川がきいた。

「いや、いぜんとして否認しているらしい。だが、最初は十七日に札幌へ行ったことを否定していたのに、今は札幌のホテルへ行ったが、部屋に入ったときは、もう奥さんは死んでいた。それで、あわてて逃げたといっているそうだ。道警では予想どおり

の嘘だといっている」

「あのホテルは自動錠《オートロック》のドアです。早川は、どうやって部屋に入ったんでしょうか？」

「決まってるじゃないか。被害者に開けさせたのさ。夫が突然、訪ねてくれば、ケンカしていても、ドアを開けるだろう。早川は中に入って殺したんだよ。もし他に犯人がいて、早川の来る前に殺して逃げたんだとすれば、君のいうようにドアは閉まっていて、中に入れないはずなんだ。それが中に入ったということは、図《はか》らずも早川が嘘をついていることをバクロしたことになると思うがね」

と、三上はいってから、

「こちらもう、早川が榊由美子を殺したと断定していいんじゃないかね？　犯人じゃないのなら、なぜあそこに行ったのかね？」

「その点を早川に聞いてもらいたいですね」

「向こうの取調べがすんだので、次はこちらへ連れて来て訊問するが、その前に向こうで、この点を訊問してもらうよう連絡しておいたよ」

と、三上はいった。

その返事は、その日のうちにもたらされた。

道警で中央テレビの駐車場のことを問い詰められた早川は、こう答えたという。

「確かに、あの日、中央テレビに行きました。自動車電話に榊由美子から電話が入って、二時半に中央テレビの駐車場に来てくれ。内密の話なので、人に見つからないようにに入って来てくれといわれたんですよ。行ってみたら彼女が死んでいたんで、あわてて逃げました」

それを話してから三浦は、電話で十津川に、

「奥さんを殺したときと同じパターンの嘘をついてるじゃありませんか。私の経験では、犯人のよくつく嘘ですよ。犯人の証拠です。本当にシロなら、もっとちゃんとした話をするはずです」

と、いった。

「これで決まったな」

と、三上本部長は十津川たちにいった。

他の刑事たちも三上の意見に賛成した。

もちろん、早川をもう一度、東京に連れて来て、正式に榊由美子殺しについて、訊問しなければならないのだが、すでに早川が犯人に違いないという空気になっていた。

早川にはアリバイがなかったし、榊由美子を殺す動機がある。

それに加えて、聞き込みによってわかった早川卓次の評判の悪さがあった。

早川を知っている三十人近い人間に会って、彼のことを聞いたのだが、早川興業で働いている社員でさえ、彼のことをよくはいわなかった。

自分が成功するためには、誰でも利用する男である。

金に汚ない。

女好きだがケチなので、つき合った女たちに恨まれている。

友人でも裏切られた者が多い。

そんな早川の唯一の明るさといえば、SLに眼がないことである。SLの話をしているときの早川だけは、子供のように明るく別人の感じがする。

「今度の事件では、そのSLまで、自分のアリバイ作りに利用したわけですね」

と、亀井が憮然とした顔でいった。

亀井もSL好きだから、余計、腹が立つのだろう。

早川が妻の綾子を殺した理由は、次のように考えられた。

もともと、綾子の父親の政財界での力を利用しようとして結婚した早川は、最近になって彼女がうとましくなった。

と、いって離婚すると、向こうの家族の反撥《はんぱつ》が怖い。そこで綾子を殺すことを計画した。

榊由美子のほうは口封じだろう。動機も十分だしアリバイもない。殺人現場で目撃されている。

「あとは自供だけか」

と、十津川は呟いた。

7

早川卓次は再び東京に護送されて来た。

さすがに顔色も冴《さ》えず、疲れ切っているように見えた。

十津川と亀井が、訊問に当たった。

「ここまで来たら正直に全部、話してしまったらどうかね？」

と、まず十津川がいった。

「その前にコーヒーを飲ませてくれませんか」

と、早川がいう。

「なぜコーヒーを？」

「頭をはっきりさせて、正確に事実を伝えたいと思うからですよ」

と、いった。

「コーヒーなんか飲まずに、まず二人の女を殺したことを認めたらどうなのかね?」

亀井が強い調子でいった。

「私は殺していませんよ。とにかくコーヒーを飲ませてください。あなた方だって、真実を知りたいわけでしょう?」

早川は、十津川と亀井の顔を盗み見るようにしていった。

亀井は舌打ちした。が、十津川は、若い刑事にコーヒーを持ってくるようにいった。

コーヒーが三つ、運ばれて来た。

早川は、それをうまそうに飲み干してから、

「これで何とか頭がはっきりしますよ」

「じゃあ、すべて話してもらいたいね」

と、十津川が促した。

「私は榊由美子に欺されたんですよ」

と、早川はいきなりいった。

「欺されたというのはどういうことかね?」

「私はSLが好きなんですよ。これは誰も知っていることでしてね。嘘だと思うのな

ら、私の家の庭を見てくださいよ」

「見ましたよ」

と、十津川はいってから、

「余計なことはいいから、肝心なことだけを喋ってもらいたいね」

「ああ、それで北海道にSLを見に行ったんですよ。七月十五日にね。十六日と十七日の二日間、乗ろうと考えていたら、突然、榊由美子が訪ねて来たんです」

「それは前に聞いているよ」

「いや、これから先が違うんですよ。だから聞いてください。彼女は、自分もSLに興味があるので、一緒に『C62ニセコ』に乗りたいといい出したんです。自分がお金を出すというので、私も断わる理由もないのでオーケイしましたよ」

「それも前に聞いたよ」

十津川は、いらだつ気持ちをおさえて先を促した。

「十六日は楽しく小樽―倶知安をC62で往復したんですが、その日の夜、二人で飲んでいるとき、由美子がこんな話を持ち出したんですよ。今、奥さんが札幌のホテルに来ていると。いわれて、びっくりしましたね。ぜんぜん知りませんでしたからね。私がびっくりしていると由美子は、明日十七日、探偵ごっこをしないかっていうんです。『C62ニセコ』を使ってアリバイ作りができる。列車に乗っていたことにして札幌へ行き、奥さんを殺すことができるっていうんですよ」

「それで『C62ニセコ』を利用して奥さんを殺したのかね？」

「とんでもない。私はミステリイも好きですからね。遊びとしては面白いなって思ったんですよ。それに札幌のホテルを突然、訪ねて行って、家内をびっくりさせてやりたくなったんですよ」

「すべて、遊びだったというのかね？」

十津川がきいた。

「そのとおりですよ。全部、遊びのつもりだったんです。彼女の計画どおりにやってみたんです。上りの『C62ニセコ』に乗って、小沢で降りて、下りの『マリンライナー』に乗って札幌へ出る。その前にカフェカーで、あのノートに何ページかを空けて書き込んでおいたんです。すべて、そちらのいうとおりですよ。『マリンライナー』で札幌へ行って、私ひとりだけホテルへ行ったんです」

「そして奥さんに会ったのかね？」

「会うつもりでしたよ。だが、家内は殺されていたんですよ」

と、早川はいった。

「じゃあ、部屋のドアは開いていたのかね？　自動錠のドアで、自然にしまるはずなのに」

亀井が睨《にら》むように早川を見た。

「そうです。ほんの少しだけど開いていたんですよ。それで中をのぞいたら、家内が死んでいたんですよ。びっくりして逃げ出しましたよ」

「しかし、ドアのノブに、あんたの指紋はついてなかった。あわてて逃げたのなら、指紋がついているんじゃないのかね？」

と、亀井が意地悪くきいた。

「あわてて逃げたけど、このままだと疑われてしまうと思い、ノブの指紋をハンカチで拭《ふ》き取ったんですよ」

「それから逃げたのかね？」

と、十津川がきいた。

「そうです」

「彼女はどこで待ってたんだね？」

「由美子は、札幌駅で切符を買って待っていましたよ。とにかく逃げなきゃいけないと思って、『マリンライナー』やタクシーに乗って余市駅に急ぎました。つまり、遊びが遊びじゃなくなってしまったんですよ」

早川は青い顔でいった。

「そして、余市で下りの『C62ニセコ』を待っていて、乗り込んだんだね？」

「そうです。変な気持ちでしたよ。完全に遊びだったんです。遊びの列車トリックだったんですよ。ところが今は、それにすがらざるを得なくなってしまったんです。家内が殺されているのが見つかれば、どうしたって、私が疑われるに決まっていますからね。そのうえ、私は実際、札幌のSホテルまで行ってる。それがわかったら、逃げようがありませんからね。だから、由美子の作ったアリバイトリックで押し通すことにしたんです」

「カフェカーのノートにも眼を通したのかね？」

と、亀井が眉《まゆ》に唾《つば》という顔できいた。

「もちろんですよ。妙な具合で由美子の作ったアリバイトリックに忠実に従わなければならなくなりましたからね。そっと調べてみたら、何とかうまく空けておいたページが埋まっていましたよ。ただ、指摘されたみたいに、私の前の乗客が最後の部分を、小さな字で書いていましたがね。何とかごまかせると思いました。そこまで誰も気がつかないだろうと思ったんですよ」

「あんな不自然さは誰だって気がつくよ」

と、亀井がいった。

8

「そのあと、どうしたんだ？」

十津川は、じっと早川を見て、きいた。

「ひやひやしながら、何とか余市から小樽まで乗って、『C62ニセコ』を小樽で降りましたよ」

と、早川はいう。

「小樽で榊由美子と一緒に泊まったのかね？」

「そうです。妙なことで彼女を頼らざるを得なくなってしまいましたからね。とにかく彼女のご機嫌を取らなければならなくなったんです。あの日、小樽で彼女に夕食をご馳走《ちそう》して、一緒にホテルに泊まって、ヴィトンのハンドバッグを買ってやりました」

「それで、彼女には何といったんだ？」

すよ」

と、亀井がきいた。

「約束してもらいました。家内を殺したと疑われたら、頼む、裏切らないでくれとで

「彼女は何といったんだ？」

「笑って、こういいましたよ。私の考えたトリックを使えば大丈夫だって。それで押し通すことにしたんです。現実に最初はうまくいきました」

「それで安心して、榊由美子の口を封じたのかね？」

「とんでもない！」

と、早川が叫んだ。びっくりするような大きな声だった。

「彼女を殺してないというのかね？」

十津川がきいた。

「殺してませんよ。なぜ殺さなければならないんです？　私の命綱じゃありませんか？　それを、なぜ殺すんですか？」

「彼女が生きていると、危険だからだよ。『C62ニセコ』で小樽―倶知安を往復したといっているが、それが嘘だと彼女は知っているわけだからね。口を封じておかなければいけないと考えて殺したんだ。違うかね？」

と、亀井が問いつめた。

「違いますよ。彼女は私にとってはむしろ最後の命綱だったんですよ」

「じゃあ、なぜその彼女を殺したんだ？」

亀井が早川を睨《にら》んだ。

「殺してはいませんよ」

「しかし、あんたは彼女が殺されたとき、中央テレビの駐車場へ行ってるじゃないか。証人もちゃんといるんだよ。タレントの一人が見てるんだ。犯行時刻にね」

「あれは呼び出されたんですよ」

と、早川はいった。

「誰にだ？」

「由美子にです」

「何といって呼び出されたんだ？」

「突然、電話があったんですよ。道警の刑事さんにもいいましたが、自動車電話に由美子からかかったんです。二時半に中央テレビの駐車場に来てくれとね」

「それだけで、のこのこ出て行ったのかね？　仕事で忙しいときに」

と、十津川がいうと、早川は一瞬黙ってしまったが、

「正直にいいましょう、脅されたんです。すぐ百万円持って来てくれとね。さもないと『C62ニセコ』を利用して、奥さんを殺したと警察にいうというんですよ。もし、彼女に警察にそんなふうにいわれたら、私には反論のしようがありませんからね。百万円持って行きましたよ」

「だが、いざとなって、その百万円が惜しくなって、彼女を殺したのかね？」

と、十津川は追及した。

「違いますよ。行ってみたら、彼女はベンツの中で殺されていたんです。嘘じゃありませんよ。私が行ったときは、もう殺されていたんです。それで私はあわてて逃げたんですよ」

と、早川は青ざめた顔でいった。

第四章　再調査

1

「見えすいた嘘だな」

と、捜査本部長の三上刑事部長が、その夜の捜査会議でいった。

「私もそう思います。現場へ着いたらもう殺されていたといっていますが、札幌と中央テレビの二回もですからね。誰も信じませんよ」

と、亀井が強い声でいった。

「そのとおりだ。早川は奥さんを札幌に呼び出しておいて殺した。『C62ニセコ』を利用して、うまくトリックを作ったと思っていたんだろう。だが、それが崩れると、今度は榊由美子に欺されたといって彼女に罪をかぶせようとしている。しかも、彼女を殺してしまっているから、彼女には反論のしようがないんだ」

三上は大きな声でいった。

それに、続けて三上は、

「実に卑劣な男だよ。ここまで来たら罪を認めればいいのに、死者に罪をかぶせて、すべて死者に欺されたんだといっている。殺人犯の中でも悪質といわなければならん。すぐ送検することにしたい。榊由美子を殺した殺人罪でね」

と、いった。

刑事たちは黙って肯いている。

三上は満足気に大きく肯いた。が、ふと、十津川が眼をつぶって考えこんでいるのに気がついて、

「十津川君」

と、声をかけた。

十津川は眼を開けて、

「申しわけありません。考えごとをしていたもので」

「君も早川を送検するのに異議はないだろうね？　亀井刑事も、彼がクロであることは間違いないといっているんだ」

三上はいった。

十津川は眼を大きくして、三上を見た。

「もう少し待っていただけませんか」

「なぜだね？　まさか君は早川の言葉を信用するわけじゃあるまいね？」

三上は眉を寄せて、十津川を見た。

亀井も、じっと十津川を見ている。

「私は、ひょっとすると早川が本当のことをいっているんじゃないかと思っているんです」

「理由は何かね？」

「早川が突然、榊由美子に聞いてくれと叫んだことがあるんです。彼女が死んでいるのにです」

と、十津川はいった。

「たったそれだけかね？」

三上は眼をむいた。三上は続けて、

「たったそれだけのことで、早川が無実じゃないかと思うのかね？」

と、きいた。

「そうです」

「呆《あき》れたもんだ。そんなものは、早川が追いつめられて、つい叫んだだけのことじゃないかね」

「かもしれませんが、私は、あのときの早川の顔が忘れられないのです」

「どんな顔なのかね?」

と、三上がきいた。

「必死な顔でした」

「必死に言い逃れようとしていた顔なんじゃないのかね? 殺人犯として逮捕されれば、必死で助かろうとするものだよ。君のようなベテランが、そういう犯人に欺されては困るな」

三上が眉をひそめていった。

「欺されているとは思いません。ただ、あの顔が、どうしても引っかかってしまうのです。それを取り払いたいのです。早川は恐らく犯人でしょう。ただ、自分で納得したいだけです」

と、十津川はいった。

「納得したいといって、そのために何をする気なんだね?」

「早川のことを、もう少し調べてみたいと思います。それに、彼以外に犯人がいないかどうかも、調べてみたいのです」

「早川以外に、二人の女を殺す動機の持ち主は、いないと思うがねえ」

「それもわかっています。私のわがままですが、もう少し調べさせていただけませんか？」

「もう少しというのは、どのくらいの時間かね？」

「あと二十四時間です」

「二十四時間すぎたら早川を送検するのに、異議は唱えんのだね？」

「もちろんです」

「それならいいだろう。調べてみたまえ」

「ありがとうございます。あと二十四時間、亀井刑事と二人で調べたいと思います」

と、十津川はいった。

2

二人だけになると、亀井は心配そうに十津川を見た。

「早川以外に犯人がいると思われますか？」

と、きいた。

「わからんね」

「早川が犯人と考えれば、すべてすっきり説明がつきますよ」

「そうだよ。ただ、すっきりしすぎているような気もしているんだ。誰かが頭の中で考えたストーリイのような気がするんだよ」

と、十津川はいった。

「まさか、早川の言葉を信じておられるんじゃないでしょうね？」

「榊由美子に欺されたという言葉にかい？」

「警部が、あんな見えすいた嘘に欺されるとは思いませんが」

と、亀井がいった。

十津川はちょっと困った顔になって、

「実は早川の言葉が真実だと考えて調べてみようと思っているんだよ」

と、いった。

「まさか――」

「しかしねえ、カメさん。それ以外に、早川がクロかシロか、判断する方法がないんだよ。たった二十四時間ではね」

「具体的にどうするんですか？」

「今いったように、まず早川の言葉を事実と考えてみる。そこから始めてみたいんだよ」

と、十津川はいった。

「榊由美子に欺されたというのを、信じるんですか？」

「そうだよ」

「どうも気が進みませんが——」

「嫌なら、私一人でやってみるが」

「いえ、協力しますよ」

と、亀井は笑った。

「もし、榊由美子が早川を欺したとする。なぜだろう？」

「それは、早川を罠《わな》にかけて、早川綾子殺しの犯人に仕立てあげるためでしょう」

「しかし、由美子は真犯人じゃない。彼女は北海道では一緒に動いていたし、東京では殺されてしまっているからだ」

「そうですね。とにかく早川を恨んでいた人間でしょうね。しかし、これはいくらでもいますよ。何しろ早川は敵が多いですから」

「確かにそうだ。早川を恨んでいて、しかも榊由美子を知っている人間となると、少しは範囲が狭くできるよ」

「そうですね。由美子の知り合いという点に重点を置くと、芸能界の人間ということになってきますね」

と、亀井がいった。

「その調子でいってみようじゃないか」

十津川はほっとした顔で微笑した。

「しかし、芸能界は広いですよ」

「わかってる。中央テレビへ行ってみようじゃないか」

と、十津川は亀井を誘って立ち上がった。

二人は四谷の中央テレビへ出かけた。

まず、テレビ局のプロデューサーの何人かに会い、榊由美子のことを聞いた。その中には、彼女と、親しくしていたタレントの名前も含まれていた。

「人気はそこそこだったが、美人で有名でしたよ」

と、あるプロデューサーがいった。

「ケチだったねえ」

と、もう一人のプロデューサーはそっけなくいった。

「色気はあったね」

「異性に対しては、愛情より金だと思っていたんじゃないかな」

「早川さんと特別な関係だったとは思えないな」

そんな意見が出て来た。

また、各プロデューサーは、由美子と親しくしていた人の名前を書きつけて、それを十津川に渡してくれた。

五人のプロデューサーが、それぞれ十人の名前を書いた。

五枚のメモ用紙に書かれた名前を比べてみた。

重複している名前を十津川は探した。

三人の名前が重複していた。

清水《しみず》　洋子《ようこ》
滝田《たきた》　宏《ひろし》
城崎《きのさき》　悠一郎《ゆういちろう》

それを見て十津川は急に、嬉《うれ》しそうな顔になった。

三人の中の一人の名前に記憶があったからである。

「カメさんも、この名前に覚えがあるだろう？」

と、いって、十津川は二人目の滝田宏の名前を指さした。

亀井も眼を大きく見開いて、

「滝田宏は、中央テレビの駐車場で、早川を見たという目撃者じゃありませんか？」

「そのとおりだよ」

と、十津川はいった。

「それだけでは、別にどうということはないんじゃありませんか？　滝田宏はタレントですから、同じタレントの榊由美子と親しくても、不思議はありませんよ」

「だがね。この滝田は、中央テレビの駐車場で早川を目撃しているんだよ」

「そうです」

「つまり、滝田も榊由美子殺しについてアリバイがないわけだよ」

と、十津川がいった。

「ああ、そうなりますね」

「由美子殺しについて、犯人の要件を備えているのさ」

十津川は嬉しそうにいった。

3

「しかし、滝田が動機を持っているでしょうか？　早川綾子殺しの件ですが」

亀井は、パトカーに戻りながら十津川にきいた。

「それは二つに分けて考えられるね。早川綾子を憎んでいたのかもしれないし、早川卓次を憎んでいたので、彼を罠にかけるために、彼の奥さんを殺したのかもしれない」

と、十津川はいった。

「どちらだと思われますか？」

「滝田宏という人間を調べていけば、自然にわかってくるんじゃないかね」

と、十津川はいった。

二人は滝田の所属しているプロダクションを訪ねた。

昭和《しょうわ》プロという中堅の事務所で、新宿南口にあり、有名タレントも四、五人抱えている。

十津川と亀井は、そこの今村《いまむら》という社長に会った。

今村もタレント出身である。

「滝田は昨日からドラマの仕事で金沢へ行っています。帰るのは明後日になりますが」

と、今村はスケジュール表を見ながら、十津川にいった。

「滝田さんはよく旅に出るわけですか？」

「そうですね。彼ぐらいが一番使いやすいんじゃないですかね。端役《はやく》ばかりですが、いろいろなドラマに出て、地方へロケで行きますよ」

「七月十七日は、どこにいたかわかりますか？」

と、十津川はきいた。

「七月十七日は、――と、十六、十七、十八日と北海道ですね。『北の殺意が吹く』というテレビドラマのロケに行っています。これも端役ですが」

「北海道のどこですか？」

「ええと、十六日と十七日が札幌、十八日が網走《あばしり》ですね」

「十七日は札幌ですか」

十津川は亀井と顔を見合わせた。滝田は殺人現場の近くにいたのである。

第一の事件についても、アリバイはないことになってきた。

問題は動機だった。これがはっきりしなければ、偶然、現場近くにいただけのことに、なってしまうだろう。

「早川卓次という人を知っていますか？」

と、十津川は今村にきいてみた。

「早川？　さあ、知りませんね」

と、今村はいった。嘘をついている顔ではなかった。

十津川の顔に失望の色が浮かんだ。滝田と早川の間は、関係がないのだろうか？

「滝田さんと一番親しい人を教えてもらえませんか」

と、十津川は気を取り直して、今村にいった。

「そうですね。同じ年齢なので、青木《あおき》君がよく知ってると思いますよ」

と、今村はいい、青木徹《とおる》という所属タレントを呼んでくれた。

十津川と亀井は、青木をプロダクション近くの喫茶店へ連れて行った。

青木はなかなかの美男子だが、それだけでは売れないのがこの世界なのだろう。

「滝田とは、もう知り合って五、六年になるんじゃないかな」

と、青木は十津川にいった。

「仲がいいということですが」

「売れない同士でね」

と、青木は自嘲《じちょう》の表情を見せ、コーヒーをごくんと飲んだ。

「あなたもですが、滝田さんもなかなかハンサムで背も高いし、なぜ売れないのかわからないんですがねえ」

と、亀井がいった。

「売れる売れないは、いろいろの要素がありますからね。実力もあれば運もありますよ」

「しかし、滝田さんは女性にはもてたんじゃありませんか?」

「ああそれは今でも、もててますよ。彼は大学出で頭もいいですからね。ただ、器用貧乏みたいなところもあるんです」

「すると、鬱屈《うっくつ》したものがあるんでしょうね?」

と、十津川がきいた。

「僕だってありますよ」

と、青木はいった。

「チャンスはなかったんですか？」

亀井がきいた。

青木は、「そうですねえ」といって考えていたが、

「あったかもしれませんが、自分ではわからないし、あまり物欲しそうにしていると、ひどい目にあったりしますからね」

と、いった。

「ひどい目にあうというのは、具体的にどういうことですか？」

十津川が興味を持ってきいた。

青木は話していいのかどうかといった顔で、ためらっていたが、

「世の中の金持ちの中には、売れないタレントをからかって、喜んでいる人間もいるんです。とにかく有名になりたいと思っているわれわれも悪いんですがね」

と、いった。

「滝田さんも、そんな目にあったことがあるんですか？」

十津川がきいた。

「そうですよ。あれは、ひどかったですよ」

と、青木は顔をしかめた。

「それを話してください」

と、十津川は頼んだ。

4

「何十億という個人資産を持っている社長がいましてね。その社長が映画を作るといい出したんです。予算は十億円。主役は、新鮮な無名タレントを使いたいということだったんですよ」

と、青木はいった。

「滝田さんが、その主役に選ばれたわけですか？」

十津川が、先廻りしてきいた。

「そうなんです。滝田は、先日死んだ榊由美子と親しかったんです。その彼女の紹介で、滝田は問題の社長と会ったわけです。社長は滝田の肩を叩いて、君こそ探していた俳優だ。君を主役で大人の鑑賞に耐えられる映画を作りたいというわけですよ。榊由美子がその会社のＣＭも撮っていますから、滝田は、すっかり信用してしまったんです。あのとき、滝田の嬉《うれ》しがりようといったらなかったですね。社長のいいなりでしたよ。プロダクションをやめろといわれれば、プロダクションの社長に怒られながら、強引に辞めましたしね。その他、社長のご機嫌伺いに自宅に行って清掃《せいそう》したり、車を運転したりね。社長の奥さんの買い物のお供までしてましたよ。僕は、そんなことまでするなっていったんですが、彼にしてみれば必死だったんでしょうね」

「その映画作りの話は本当だったんですか？」

と、亀井がきいた。

「それが、未だにはっきりしないんですよ。しかし、僕はインチキだったと思いますね」

「それはなぜですか？」

「シナリオは誰が書いている。監督は何という巨匠に依頼して、快諾を得ているという話になって、滝田はすっかり信用してしまったんですよ。ところが、僕が心配して、その社長が頼んだという脚本家や監督に聞いてみると、そんな話なんかまったくないというわけです」

「つまり、滝田さんを欺していたわけですね？」

と、十津川はきいた。

「その社長にいわせれば、やる気はあったんだから嘘はついていないということになりますがね。滝田が、どんなに傷ついたかは、よくわかりますよ。それに、どんなに口惜しかったかもね」

「その社長というのは早川興業の早川卓次さんですか？」

十津川がきくと、青木は溜息《ためいき》をついて、

「知っていたんですか？」

「そうじゃないかと思ったんです。滝田さんは、その件について、あなたにどういっているんですか？」

亀井がきいた。

「うちの社長がいい人でね。飛び出した滝田を、また迎え入れてくれましてね。それで滝田の気持ちもだいぶなごんだんじゃないかと思いますよ。それに、僕も、あまりあの話はしないようにしていましたからね」

と、青木はいった。

「最近の滝田さんの様子はどうでしたか？」

と、十津川はきいた。

「普通にやっていましたよ。元気にやっていますがね」

「七月十七日に滝田さんは、ロケで札幌へ行っていたというんですが、知っていますか？」

　亀井がきいた。

「ああ、三日間、北海道ロケです。僕も行きましたよ」

「十七日に札幌にですか？」

「いや、僕は十八日の網走が出番なので、十八日に行きました。そこで、札幌から移動してきた滝田にも会いましたよ」

　と、青木はいった。

「そのとき、札幌で十七日に起きた事件のことは話題になりませんでしたか？　十七日に札幌のホテルで、早川さんの奥さんが殺されているんです。そのことですがね」

　十津川がいった。

「ああ、あの事件ですか」

　と、青木は肯いてから、

「話しませんでしたね。あとで、あのときに、とは思いましたがね」

「滝田さんは、札幌で出番は多かったんですか？」

　と、亀井がきいた。

　青木は肩をすくめて、

「出番が多ければ、もっと有名になっていますよ。確か、あのドラマで、滝田は何人も出てくる刑事の一人でしたね。札幌では主役をやるKがなかなか来なくて、何時間も待たされたとこぼしていましたよ。そのうちに、君が待たせるほうになれよって、いったんですがね」

「滝田さんが札幌にいた時間はわかりませんかね？」

「それは会社にスケジュール表があるはずですよ」

と、青木はいった。


十津川と亀井はプロダクションに戻り、社長の今村から、七月十六日から十八日までの滝田のスケジュール表を貰った。

それによれば、滝田のスケジュールは次のとおりだった。

十六日　午後九時四〇分　ＪＡＬで、千歳着。札幌市内で一泊。
十七日　午前七時より市内で撮影。午前十時まで。午後二時より、午前中と同じく市内で撮影、一泊。
十八日　午前八時四五分　ＪＡＳで、女満別《めまんべつ》着。車で網走に入り、すぐ撮影。

十八日夜、帰京。

このスケジュールを見れば、明らかに七月十七日に、滝田は早川綾子を殺せるのだ。

それに滝田は、早川に映画の話を持ち出されたとき、相手の話を信じて、早川の奥さんの買い物のお供までしたという。

それに滝田はハンサムで女にもてる男だ。

夫の浮気に腹を立てていた綾子を北海道に誘うぐらい、滝田にしてみれば簡単なことだったろう。

ロケで札幌へ行くから向こうで会いたいといえば、綾子は喜んで出かけたろう。彼女は前日の十六日に、ひとりで札幌市内を見物している。明日は滝田と会えると思って活《い》き活きしていたのではないか。

一方、滝田は榊由美子に頼んで、早川卓次をアリバイ作りの芝居に誘ってもらう。

榊由美子が、なぜ滝田に頼まれるままに早川を誘ったのかはわからない。

滝田に対する愛情からなのか、それとも金のためかは判断がつかないが、このあと早川が由美子にゆすられたといっているから、金のためというのが実際だろう。

「Ｃ６２ニセコ」を使ったアリバイトリックは、恐らく滝田が考えたものだろうと思う。だからこそ、小沢で「マリンライナー」に乗りかえて札幌に着くのが、一二時三七分とわかっていたのだ。

そこで、早川がホテルに着く寸前に、滝田はホテルに綾子を訪ね、いきなり背後から首を絞めたのだろう。そうしておいて、ドアを少し開けてホテルを抜け出した。

そのあとに、早川がホテルに着き、開いているドアから中に入り死体を発見する。びっくりして逃げ出したあとは、滝田の計画したとおりになっていったのだ。

このあと、唯一の証人である榊由美子を殺してしまえば、滝田の計画は完全なものになる。

それも、早川が由美子を殺したことにすれば、いちばんいい。

そこで由美子をけしかけて、早川をゆすらせ、中央テレビの駐車場に来させることにした。

遊びだと思ったのが本当の殺人事件になってしまい、由美子の証言次第では犯人にされてしまう早川は、ゆすられるままに金を持って午後二時半に駐車場へ出かけた。当然行くだろう。

それが滝田の思う壺だったのだ。滝田は午後二時半少し前に中央テレビの駐車場に行き、ベンツの車内で由美子を綾子と同じように絞殺したに違いない。

そのうえ、滝田は、早川を駐車場で目撃したと警察に証言している。

あとで、なぜ駐車場にいたのかと怪しまれたとき、弁明に使おうと考えたのだろう。

「滝田が東京に戻ったら会いに行こう」

と、十津川は亀井にいった。

5

三上本部長と道警本部に滝田のことを報告しておいて、十津川と亀井は、ロケから戻った滝田に会いに行った。

わざと逮捕令状は持参しなかった。できれば、滝田のほうから先に自供してもらいたかったのだ。

滝田は自宅マンションで、ボストンバッグから着がえなどを取り出しているところだった。

滝田は人なつこい笑顔を見せて、十津川と亀井を部屋に招じ入れた。

「今、ロケ先から帰ったばかりなんですよ」

「社長さんから聞きましたよ」

と、十津川はいった。

どうしても、眼の前にいる青年を、殺人犯として憎む気になれなかった。

「ああ、うちのプロダクションに行かれたんですか？　ご用は何だったんですか？」

と、滝田はニコニコ笑いながらきいた。

「例の殺人事件のことです」

「僕の証言が役に立ちましたか？」

「立ちましたよ。あなたの証言で早川卓次を逮捕しましたよ」

「じゃあ、事件は解決したわけですか？」

と、滝田がきく。

「ところが解決していないのですよ」

十津川は、じっと滝田を見ていった。

「なぜですか？　犯人は逮捕されたんでしょう？」

「早川卓次という男をよく知っていますか？」

と、亀井がきいた。

滝田は一呼吸おいてから、

「よく知りませんね。パーティで会ったことはありますが」

と、いった。

視線が泳いでいた。

十津川は微笑した。

「やはり、あなたは根っからの悪人じゃないとわかって、ほっとしましたよ」

「何のことですか？」

「あなたと早川卓次のことですよ。知らないといいながら、眼をそらしてしまった」

「よくは知らないいんですよ」

「嘘はあなたに似合わないな。青木さんに、すべて聞きましたよ。早川があなたを主役にして映画を作りたいといい出し、あなたがそれを信じて必死に、早川卓次に対してだけでなく早川の奥さんにも尽くしたことをです。最初から早川にはその気がなかったんでしょう。ただ、あなたをからかっただけなのかもしれない。あなたは手ひどい痛手を受け、いつか復讐《ふくしゅう》しようと、チャンスを狙《ねら》っていたんだと思います」

「そんなことは――」

ないといいかけたのだが、滝田は黙ってしまった。

十津川は話を続けた。

「そして、ＳＬ好きの早川が、七月十六、十七日の二日間、北海道に『Ｃ６２ニセコ』に乗りに行くことを知り、チャンスが来たと考えたんでしょう。あなたは、知り合いで、しかも早川卓次とも関係のあった榊由美子に頼んで、計画を実行した。彼女がなぜあなたに協力したのか、私にはわからない。あなたが好きだったからか、それとも金のためだったのかわかりません。ともかく由美子は、あなたが立てた計画に従って、早川をアリバイトリック遊びに引きずり込んだんですよ。そして、十七日の一二時三七分に、早川が『マリンライナー』で札幌に着くのを計算して、札幌のホテルで早川の奥さんを殺した。違いますか？」

6

滝田は、青ざめた顔で押し黙っている。

恐らく、胸の中で激しい戦いが行なわれているのだろう。

十津川はそう思いながら、

「私はね。どうしても、あなたを非難することができないのですよ。売れないタレントのあなたにとって、早川卓次のやったことは、この上ない侮辱だったと思うからですよ。あなたの怒りがよくわかるんです。どうですか、このへんで、すべてを話してもらえませんか？　私は、あなたを追いつめるよりも、あなたに進んですべてを話してもらいたいのですよ」

「―――」

「どうですか？」

十津川は、じっと滝田を見た。そのまま十津川は待った。滝田は、追いつめなくても、自分のほうから喋ってくれると確信していたからである。

五、六分過ぎたとき、突然、滝田が、

「わかりました」

と、いった。

「いつ、僕が犯人と指摘されるか、毎日、戦々兢々としていたんです。かえって、あなたにいわれてほっとしましたよ」

「われわれの考えたとおりだったわけですか？」

と、十津川は、ほっとしてきいた。

滝田は穏やかな表情になって、煙草を取り出した。

「吸ってもいいですか？」

「どうぞ。私も禁煙しようかと思いながら、できないんですよ」

と、十津川はいった。

滝田はうまそうに煙草を吸ってから、

「何日ぶりかに煙草の味がしましたよ。動機は十津川さんのおっしゃるとおり、映画作りの話です。僕は、この世界に入って、もう十年になります。三十歳です。どんなに焦《あせ》っているか、おわかりにならないと思いますね。自分より演技の下手な若い奴が、どんどん有名になっていく。その口惜しさは年ごとに強くなっていくんです。そして、このまま無名で終わってしまうのではないかという恐怖が、支配するんです。有名になるためなら、どんなことでもする。人殺しでもしてやるみたいな気持ちになってくるんですよ。そんなとき、早川から映画の話を持ちかけられたんです」

「主役の話ですね？」

「そうです」

「すぐ信じましたか？」

と、十津川がきくと、滝田は笑って、

「いや、最初は、からかわれていると思いましたね」

「しかし、信じたんでしょう？」

「そうです。信じました。これが最後のチャンスだ。絶対に成功して、タレントとして成功してやると、自分にいい聞かせたんですよ。もちろん、少しばかりうますぎる話だという気持ちもありましたが、それでひるんでいたら、チャンスを失いますからね」

「早川のいうままに、プロダクションも辞めたそうですね?」

と、十津川はきいた。

「ええ。早川は、この映画を作るに際して、自分もプロダクションを作る。君を契約第一号にしたいといったんです。そのとおりにしないと主役はやらせないみたいないい方でしたからね」

「脚本は誰、監督は誰とまで、あなたに早川はいったわけでしょう?」

「そうです。すごい顔ぶれでしたよ。私は、早川の邸へ行って、例のSLを掃除したり、奥さんの買い物のお供もしましたよ」

「いやだとは思いませんでしたか?」

「そんなことは思いませんでしたね。大作で主役をやれるのなら、早川の靴だってなめる気でした。社員Aだとか、刑事その二といった役には、もう、うんざりしていたんです」

「ところが全部、嘘だったわけですか?」

「そうです。何もかもね。早川は軽くいいましたよ。ジョーク、ジョークってね。必死になって気に入られようとした僕が、早川には、さぞ滑稽《こっけい》に見えたろうと思いましたね。最初は自分のバカさ加減に呆れましたよ。そのあとから、じわじわと口惜しさがこみあげてきたんです」

と、滝田はいった。

「なぜ、あんな形の復讐を考えたんですか？」

と、亀井がきいた。

「芝居です」

と、滝田がいう。

「芝居？」

「早川は映画というエサで僕を釣って、もてあそんだ。だから、早川にも、芝居をさせて復讐してやろうと思ったんですよ。アリバイ・トリック・ゲームという芝居をさせてね」

「榊由美子は、すすんで力を貸したんですか？　それとも、金で彼女にやらせたんですか？」

と、亀井がきいた。

「金といえば金ですよ」

「というと？」

「榊由美子は早川興業のCMをやったんです。調べて知っておられると思いますがね。それで、彼女は早川と関係ができたんです。彼女にしてみれば、とにかく早川興業の社長だから、いいスポンサーだと思ったんでしょうね。ところが、早川はケチで有名な男だから、関係はしたって金は出さない。彼女にしてみれば、裏切られたと思ったんでしょうね。僕が話を持ちかけたら、簡単にのって来ましたよ」

滝田は笑った。

「そして、早川の奥さんを札幌に呼んだ？」

「ええ。札幌で浮気をしませんかと誘ったんです」

「しかし、うまい具合に、札幌で仕事がありましたね？」

と、亀井がきいた。

滝田は笑って、

「そんなうまい具合に仕事があるもんですか。出演料の安い仕事で、みんなが敬遠しているのを、僕が引き受けたんですよ。タダみたいな仕事で、いつもならやりません。時間ばかりくって、金にならない仕事ですからね」

「なるほど、わかりました」

と、十津川は肯いてから、

「榊由美子は、あなたが早川さんの奥さんを殺すことを知っていたんですか？」

と、きいた。

「知っていましたよ」

「それでも、彼女は承知したんですね？」

「そうです。楽しんでいましたよ。早川を引っかけることをね」

「なぜですかね？　早川がケチだったからですか？」

「彼女は、美人女優で売っていた女です。自分の美貌《びぼう》には自信を持っていましたよ。それなのに、早川は関係したのに、せいぜい、ハンドバッグくらいしか買い与えなかった。それが、彼女にとっては大変な侮辱《ぶじょく》だったんですよ。そんな侮辱を与えた早川は許せないと思っていたんですよ。だから早川を罠にかけ、あとでいくらでもゆすれるといった僕の計画に賛成したんでしょうね」

と、滝田はいった。

「それで、彼女は早川を罠にかけ、あなたは札幌で時間を合わせて、早川の奥さんを殺したんですね？」

と、亀井がきいた。

「そうです。『マリンライナー』が着く一二時三七分に合わせてね。それに、早川が部屋に入れるようにドアを少し開けておきました」

「早川は、まんまと、その罠に引っかかったわけですね」

「あんなにうまくいくとは、思いませんでしたね。榊由美子も、うまくやってくれましたよ」

と、滝田はいった。

「その榊由美子を、なぜ殺したんですか?」

十津川は、一番聞きたくないことをきいた。

7

滝田は眼をしばたたいた。そのまま暗い眼つきになって、

「彼女を殺したくはありませんでしたよ。金のためには何でもする女でしたが、別に、僕に何かしたわけじゃありませんでしたからね」

と、いった。

「だが、殺したんでしょう？」

と、十津川がいった。

「そうです。殺しました」

「早川の退路を完全に絶つためですか？　早川の唯一の逃げ道は榊由美子だった。真相を知っているのは彼女だけだから、彼女を殺してしまえば、早川にはもう逃げ道はない。そう考えて殺したんですか？」

意地が悪いと思ったが、必要なことなので、十津川は食い下がった。

「それもあったことは、否定しませんよ」

と、滝田はいった。

「他にも理由があるんですか？」

「僕は由美子を計画に誘い込むとき、うまくいけば早川をいくらでもゆすれるといって、欲でつりました。彼女には、今もいったように、早川への憎しみもあったと思います。計画はうまくいき、早川は警察から妻殺しの疑いをかけられました。『C62ニセコ』を使ったアリバイトリックが、唯一の逃げ道になった。僕の計画どおりでした。こうなれば由美子は、いくらでも早川をゆすることができる。彼女の一言で、早川は刑務所行きですからね」

「早川をゆするように、彼女をけしかけたんですか？」

「僕がけしかけるまでもなく、彼女は、これで早川をゆすれると思っていましたよ。ところが彼女は、この僕も、ゆすることを考えたんですよ」

滝田は、肩をすくめるようにしていった。

「あなたを？」

「そうです。確かに僕も、彼女の一言で刑務所行きです。だから、彼女が妙な気になったとしても、おかしくはないんです」

「彼女は、あなたもゆすったわけですか？」

と、十津川はきいた。

「そうなんです。電話があって、手はじめに百万よこせといいましたよ。そのあとは、いくらでも取れるぞという感じでね」

「払ったんですか？」

「いや、その前に早川をゆすってみろとけしかけました。中央テレビの駐車場に持って来いといえば、いくらでも持ってくるとですよ」

と、滝田はいった。

「そこで、あなたは待ち受けて殺したんですね？」

「そうです。弁解はしませんよ。いくら、ゆすられたにしても、彼女には別に恨みはなかった。それどころか、僕に協力して早川を罠にかけてくれたわけですからね。僕はひどい男だと思いますよ。早川を罠にかけ、また、早川の奥さんを殺したことは、別に後悔はしていませんが」

と、滝田はいう。

「あなたは、なぜ、早川卓次が十六日と十七日の二日間、『C62ニセコ』に乗るとわかったんですか？」

亀井がきいた。

「例の映画の話のとき、僕は早川の自宅へ行って、庭に飾ってあるD51の掃除もやりました。早川は得意になって自分の趣味の話をしましたよ。いかにSLが好きかということです。新しくどこかでSLが走るとわかると、必ず乗りに行くということもですよ」

「それを、しっかり覚えていたわけですね？」

「そうです。復讐するには早川の弱点を利用してやろうと思いましたからね。それがSLだったわけです。北海道の小樽―倶知安間で『C62ニセコ』が走ると知って、必ず早川が乗りに行くだろうと思ったんです。それで調べてみたら七月十六日と十七日の二日間、乗りに行くとわかったんですよ」

と、滝田はいった。

「それで？」

「すぐ『C62ニセコ』に乗りに行きました。この列車を利用できないかと思ってね。そしたら、時刻表には出ていないが、小沢で停車することがわかったんです。これを利用してやろうと思いました。うまいアリバイトリックが出来ると、自分でも思ったんです」

滝田は笑った。

「最後に、一つだけ聞きたいんだが」

と、亀井がいった。

「何ですか？　何でも正直に話しますよ」

「七月十七日、あなたは一二時三七分に『マリンライナー』が札幌駅に着くのに合わせて、ホテルで早川綾子を殺したんだが、そのとき、もし早川が罠にかからなかったらどうしようかとは考えませんでしたか？」

と、亀井がきいた。

滝田は肩をすくめて、

「考えなかったとはいいませんよ。早川綾子を殺してしまって、肝心の早川がやって来なかったら苦心の罠も台無しですからね。自分が、すぐ警察に捕まってしまいますからね。しかし、僕は早川綾子を殺すのはためらいませんでした。これは賭《か》けだと思ったからですよ。僕にとって人生そのものが賭けでしたからね。その賭けに勝ったと思ったんですが負けでしたね」

と、いった。

エピローグ

滝田は、二つの殺人事件の犯人として正式に逮捕された。

代わりに、早川卓次が釈放された。最初、早川は、誤認逮捕の警察を告訴すると息巻いていたが、なぜか急に取り止めてしまった。恐らく、自分の人気のなさに気づいたのだろう。

弁護士に忠告されたのか。

早川がＳＬの趣味をこれまでどおり守っていくのかどうか、興味あるところだったが、彼の自宅の庭に飾られていたＤ５１型蒸気機関車が、いつの間にか消えてしまった。

捜査本部も解散した。

その夜、十津川と亀井は、何となく誘い合って飲みに行った。

「警部も酔いたい気分ですか？」

と、亀井がきいた。

「カメさんもかね？」

「そうです。正直にいって早川卓次が犯人のままで事件が終わっていたら、私は別に酔いたいとは思わなかったでしょうね」

亀井は、グラスを傾けながらいった。

「滝田には、カメさんは優しかったね」

「警部もですよ。あいつは二人の人間を殺していますが、どうしても憎めませんでした。十年間、芸能界にいても無名のままだという彼の気持ちがよくわかるからです。芸能界が華やかであればあるほど、売れないということは辛いと思います」

と、亀井がいった。

「それに比べると早川卓次はということになるのかね？」

「そうです。早川には他人に対する愛情というものがありません。結局、早川は奥さんを殺してなかったわけですが、彼女の死を少しも悲しんでいませんでした」

「それは私も感じたよ」

と、十津川はいった。

「滝田は、二人殺しているから、刑は重くなるでしょうね？」

亀井が、十津川にきいた。

「重いだろうね」

と、十津川はいってから、

「滝田が一つだけ嘘をついたと思うんだが、カメさんは気がついたかね？」

「いいえ、わかりませんが」

「なぜ、榊由美子を殺したかという理由を話したときだ。由美子は滝田までゆすったといった。だから殺したとね」

「あれは嘘ですか？」

「と、思うね。滝田は金がないし、一方、早川のほうは大変な資産家だ。いくらでもゆすれるんだ。それなのに滝田までゆするはずがないよ」

と、十津川はいった。

「なぜ、滝田は嘘をついたんですかね？　犯行を認めたんですから、そんな嘘をつく必要はないと思いますが」

亀井が首をかしげた。

「滝田は自分を納得させたかったんだと思うね。早川の奥さんを殺すのには、別に痛みを感じなかったが、榊由美子の場合は滝田も気がとがめたんだと思うね。だから、自分を納得させるために、彼女は自分をゆすっていると考えようとしたんだと、私は考えるんだがね」

と、十津川はいった。

「しかし警部も、滝田が彼女からゆすられていたと話したとき、肯いて聞いていらっしゃいましたよ」

亀井は、また首をかしげた。

「あれは、きっと私自身、納得したかったんだろうと思うよ」

十津川はそういった。

十津川警部の標的

1

大都会で殺人を犯した場合、犯人は、どこへ逃げるだろうか?

故郷がある人間ならば、たぶん故郷へ逃げるだろう。

故郷だけが、犯罪者になった自分でも受け入れ、匿《かくま》ってくれると錯覚するのだろうか? いや、錯覚したくなるのかもしれない。

では、故郷のない人間はどうだろうか? そのまま、大都会の混雑の中に、逃げ込もうとするだろうか? それとも一刻も早く、殺人の現場から、遠く離れようとするものだろうか?

事件のないとき、十津川は、ときどきそんなことを考える。

六月二十五日に起きた殺人事件で、はしなくも、その問題に直面することになった。

事件そのものは簡単だった。

金を貯めていたクラブホステスが、その金目当てに、知り合いの男に殺された事件である。

店での名前は、ひろみ。本名は、白石《しらいし》かおり、三十歳だった。

彼女がこつこつと金を貯め、洒落《しゃれ》た食べもの店を出したがっていることは、同僚のホステスの何人かが知っていた。

事件当日、彼女は、いったん店に出てきたが、

「いい物件が見つかったので、契約したい。九時に早退をさせてください」

と、いった。

話を聞くと、六本木《ろっぽんぎ》の雑居ビルの地下にいい出物があり、それを、今夜、五百万円の手付金を払って、契約するのだといい、昼間、銀行でおろした札束を見せた。

ママは、どうもその話を眉唾《まゆつば》だと思ったと、あとになって、十津川に証言している。

そのとき、ママは、どこの誰が持ってきた話なのかと、聞いてみた。

「そしたら、竹田《たけだ》が持ってきた話だっていうんですよ。竹田という男はね、背が高くて、ハンサムで、外見はいいから、前にうちで、ボーイとして、使ってたことがある

んですけどね。機転は利《き》くけど、手癖が悪くて、店の金を盗んだりしたんです。警察に突き出してやろうと思ったけど、竹田が涙を流して謝《あやま》るもんだから、馘《くび》にするだけで勘弁してやったんですよ。今から考えると、あれは空涙《そらなみだ》だったのかもしれませんねえ」

と、ママはいった。

そんなママの危惧《きぐ》が適中した。その夜、白石かおりは新宿《しんじゅく》の中央《ちゅうおう》公園内で、死体で発見された。首を絞められて、殺されていたのである。ママに見せた五百万円は、失《な》くなっていた。

捜査に当たった十津川は、竹田淳《じゅん》、二十八歳を容疑者と断定し、上北沢《かみきたざわ》にある彼のマンションに急行した。

だが、竹田は、すでに逃亡した後だった。

これが、六月二十五日に起きた殺人事件である。

2

竹田は、東京の目黒《めぐろ》区洗足《せんぞく》で生まれ、東京の小、中、高校を卒業し、東京のN大に入っている。

そのころ、両親が相ついで亡くなった。それが原因でもないのだろうが、竹田は、大学を中退している。

その後、何をして暮らしていたかはっきりしないが、友人や親戚に迷惑をかけつづけ、顰蹙《ひんしゅく》を買っていたらしい。

二十五歳のとき、詐欺《さぎ》を働き、揚句《あげく》に相手に重傷を負わせて、一年間、刑務所に入っていた。このときの詐欺は、結婚詐欺だった。

クラブのボーイになったのは、その後である。

彼を知る人たちが異口同音にいうのは、竹田という男は、調子はいいが、嘘《うそ》つきで、カッとしやすいということだった。そのほか、女好きで、バクチ好きという声も多かった。

金に困っていたという人も多かったから、五百万を奪うために、白石かおりを殺したにちがいないと、十津川は考え、ほかの刑事たちも同じ意見だった。

従って、最初の捜査会議の議題は、竹田がどこへ逃げたかという一点に集中した。

「彼に故郷があれば、まずそこへ逃げたと考えますがね」

と、亀井刑事がいった。

「カメさんは、東北の生まれだから、東北へ逃げるかね？」

と、十津川がきいた。

「ええ。間違いなく、そうしますね」

「竹田にだって、故郷があるじゃありませんか」

と、三田村《みたむら》刑事がいった。

「東京か？」

「そうです」

「君は、どこの生まれだったかな？」

「四国の高知《こうち》です」

「それなら、故郷という感覚があるだろうがね」

「東京は違いますか？」

「私も、東京の生まれ、育ちでね。東京でも、神田《かんだ》、浅草《あさくさ》あたりなら、そこが生まれ故郷という感じが持てるだろうが、私のように、東京でも郊外のほうになると、故郷という感覚はないね。変わり方が激しすぎるんだよ。建物も変わってしまうし、住んでいる人間も変わってしまうからね」

と、十津川はいった。

「竹田も、そんな感じでしょうか？」

と、西本刑事がきく。

「彼の場合は、もっとだろう」

と、亀井がいった。

「なぜですか？」

「東京には友人もいないからだよ。一匹狼を気取っていたらしいが、いいかえれば、毛嫌いされて、孤立していたんだ」

「知り合いの女のところに逃げ込んでいるということは、ありませんか？」

と、日下刑事がきいた。

「金がなければ、女のところに逃げ込んだかもしれないが、竹田は、五百万という大金を手に入れたんだ。女の家に隠れて、息をひそめているなんてことが、二十八歳の彼にできるとは思えないね」

と、十津川はいった。

「海外逃亡の恐れはありませんか？　東南アジアにでも逃げれば、五百万で、贅沢三昧《ぜいたくざんまい》ができるんじゃありませんか」

と、日下がいう。

「竹田は、パスポートを持ってないんだ」

と、亀井があっさり否定した。

「それなら、日本のどこかに逃げたということでしょうか？」

と、北条早苗刑事がきいた。

「日本も、探すとなると広いよ」

西本が、小さく肩をすくめて見せた。

「一度でも行ったことのある場所に、逃げるものでしょうか？　それとも、まったく知らない土地に逃げるものでしょうか？」

と、三田村が十津川にきいた。

「初めての土地は、不安があるだろう。いざというとき、土地勘がないと、逃げるのが大変だからね」

と、十津川はいった。

「もう一度、竹田のマンションに行ってきます。何か、手掛かりがあるかもしれませんから」

と、西本がいい、日下を連れて、飛び出していった。

その西本から、しばらくして電話が入った。

「面白いものが見つかりました。万年床の下から、北陸の観光案内が見つかったんです。主に、名所、名湯《めいとう》の案内で、今年の二月の日付スタンプが押してあります」

「二月に、竹田が、北陸へ遊びに行ったということかもしれないな」

「北陸には、有名な歓楽地帯がありますから、若い竹田が楽しんできたとしても、おかしくはありません。とにかく、すぐ持って帰ります」

と、西本はいった。

十津川は、北陸地方の地図を取ってこさせ、それを机の上に広げて、西本たちの帰りを待った。

西本と日下が、帰ってきた。

二人が持ち帰ったパンフレットには、「加賀温泉駅《かがおんせん》」とゴム印が押され、二月十六日の日付スタンプも押されている。

竹田が、二月十六日に加賀温泉駅に降りて、駅でこのパンフレットをもらったのだろう。

北陸本線の加賀温泉駅周辺の観光地と主な温泉が、写真入りで載っている。

「五百万あれば、楽しく遊べますよ」

と、西本がいった。

「北陸か」

と、十津川が呟《つぶや》いた。

「北陸ということに、何か意味がありますか？」

と、亀井がきいた。

その質問に対して、十津川は、

「事件を起こした犯人が、逃げるとしたら、北にするだろうか、それとも南にするだろうかと、考えたことがあるんだよ」

と、いった。

「そうですねえ。私が犯人なら、北へ逃げますね。北には沈黙のイメージがあって、その沈黙の中に、逃げ込めるような感じがしますからね。沈黙が包んでくれる気がすると、思いますよ」

と、亀井はいった。

「私も、北へ逃げると思うね」

と、十津川もいった。

ただ、理由は、亀井とは少し違っていた。

犯罪者は追われることで、悲愴感《ひそうかん》に包まれる。その悲愴感には、北の空気がふさわしいと、十津川は思うのだ。

「カメさん。北陸へ行ってみよう」

と、十津川は亀井にいった。

3

これは、一つの賭《か》けだった。

竹田が、北陸へ逃げたという確証はない。本来なら、まず竹田を全国手配し、その結果を待って、動くのだが、十津川は今回は賭けに出た。

一つには、この賭けに、十津川は、かなりの自信があったからである。ただ、賭けはあくまで賭けだから、北陸へは亀井と二人だけで行くことにし、ほかの刑事たちは、東京の捜査本部に残すことにした。それに、絶えず連絡がとれるように、十津川と亀井は、携帯電話を持参することにした。

十津川が賭けに出たもう一つの理由は、竹田の動きに不安があったからである。

竹田は、金を奪うために、簡単に女を殺している。凶暴なところがあるのだ。今は、手に入れた五百万の金を持っているが、追われることを知っているから、派手に使ってしまうだろう。普通なら、五百万は大金だが、今回の場合は、何日ももたないかもしれない。

もし、竹田が五百万の金を使い切ってしまえば、新たに金を手に入れようとして、第二の殺人を犯す可能性が大きい。それだけは、絶対に防ぎたい。だから、多少の危険はあっても、賭けに出たのである。

二人は、六月二十六日の一〇時五五分羽田《はねだ》発小松《こまつ》行きのＪＡＳ２６１便に乗った。

小松空港に着いたのは、一一時五五分である。

日本海沿いに作られた滑走路は、雨に濡《ぬ》れていた。

梅雨前線が上にあがって、おかげで、東京は晴れていたのだが、北陸は、前線がかぶさって、雨が降っている。

「いい雨だ」

と、十津川がいった。

亀井が、変な顔をして、

「警部は、雨が嫌いだったんじゃありませんか？」

「そうなんだが、竹田のことを考えてね。もし、竹田がこの北陸へ来ていたら、この雨だし、人に顔を見られるのも嫌だろうから、じっと動かずに、温泉のホテルに閉《と》じ籠《こ》もって、酒と女だろうと思ってね」

と、十津川はいった。

二人は、迅速《じんそく》に動けるようにと、レンタカーを借りて、まず北陸本線の加賀温泉駅に向かった。

北陸の道路地図を見ながら、雨の中を車を走らせる。

加賀温泉駅は、小さな駅だった。駅前の広場からは、山代《やましろ》温泉や山中《やまなか》温泉へ行くバスが出ている。

駅の周辺は、閑散としていて、田植えのすんだ水田が広がっている。

なによりも眼につくのは、駅の背後に、そびえ立つ巨大な慈母観音《じぼかんのん》像だった。五十メートルくらいもあるだろうと思われる、ピンクに見えるその観音像は、前にある駅舎が小さいので、まるでＳＦ映画の中の巨人で、駅舎は可愛らしいミニチュアに見えた。

二人は、車から降りて、駅の中に入っていった。土産《みやげ》物を売るコーナーでは、ここが日本海に近いことを示すように、カニや甘エビ、カレイといった海産物が売られている。

切符売場の近くに、旅行案内のパンフレットが、並べられていて、その中に、あの北陸観光案内のパンフレットも置いてあった。

(あったね)

と、十津川は改めて確認した。

竹田が、他人からもらったものでないかぎり、ここに来たのだ。

東京から日帰りということは考えにくいから、そのときは、この近くの温泉へ行ったろう。ここに来る客は、越前岬《えちぜん》や、東尋坊《とうじんぼう》を観光したあと、温泉に行く。遊びたい人は、芸者かコンパニオンを呼ぶだろう。二月にここに来たとき、竹田は、そうしたに違いないし、五百万の金を持ち、刹那《せつな》的になっている今は、いっそう、盛大に遊ぼうとするのではないか。

問題は、どこの温泉に行ったかだった。

この周辺には、いくつかの温泉がある。

いちばん近いのは、片山津《かたやまづ》。少し離れて内陸部に山代、山中、粟津《あわづ》、日本海を西に行けば、芦原《あわら》温泉がある。

東に行けば、金沢《かなざわ》を通過して、和倉《わくら》温泉があるが、そこまでは行くまい。加賀温泉郷と芦原温泉だけで、十分だからだ。

「まず、片山津へ行ってみよう」

と、十津川は亀井にいった。

車で、十分あまりで、片山津温泉に着く。

片山津は、柴山潟《しばやまがた》と呼ばれる湖に面して、ホテル、旅館が並んでいる。柴山潟は、日本海にもつながっているので、魚の種類は豊富だといわれている。

十津川と亀井は、ひとまず片山津のKというホテルに部屋をとったあと、竹田が片山津に来ていないかどうかを、調べることにした。

フロントで、片山津のホテル、旅館のことを聞くと、全部で二十二軒あり、ほかに民宿、ペンションがあるという。

「民宿、ペンションは、除外していいだろう」

と、十津川はいった。

「なぜですか？」

と、亀井がきく。

「竹田は、五百万の金を持っているんだ。贅沢に遊びたいはずだよ。それに、小さな民宿やペンションでは、簡単に顔を覚えられてしまうからだよ。竹田にとって、それがいちばん怖いはずだ」

と、十津川はいった。

さらに、亀井が、

「それでは、二十二軒のホテル、旅館に片っ端から電話して、竹田が泊まっていないかどうか、聞きましょう。どうせ、偽名を使っているでしょうが、彼の顔立ちや、背恰好《かっこう》を説明すれば、わかってくれますよ」

と、いったのに対しても、十津川は反対した。

「感心しないな」

「駄目ですか？」

「フロントに電話して、警察だといい、竹田と思われる男が泊まっていないかどうか、聞くわけだろう？」

「そうですが――」

「もし、そのとき、竹田がフロントの近くにいたら、どうなるね？　たちまち気配で気付かれてしまうよ。すぐ逃げられてしまうだろうし、下手をすると、フロント係か泊まり客を人質にしかねない。護身用に、いつもナイフを持っているという男だからね」

「じゃあ、どうしますか？」

と、亀井がきいた。

「一軒ずつ廻って、竹田の顔写真をフロント係に見せて、聞くんだ。もし、それで竹田にぶつかったら、その場で逮捕すればいい」

「時間が、かかりますね」

と、亀井が眉《まゆ》を寄せていった。

「仕方がないさ。捜査は大変なものと決まっている」

と、十津川はいった。

二人は、まず予約したKホテルから始めた。フロントに竹田の顔写真を見せると、泊まっていないという返事が返ってきた。

二人は、二十二軒のホテル、旅館の名前と場所を書いたパンフレットをもらい、Kホテルの隣りから、当たっていくことにした。

雨は、相変わらず降りつづいている。

その雨の中を、レンタカーを走らせた。車を乗りつけると、ロビーに入る。そのとき、素早く、ロビーに竹田の姿がないかどうかを確認する。

そのあと、亀井がロビーに腰を下ろして見張り、十津川がフロントに足を運んで、警察手帳を示し、竹田の顔写真を見せて、泊まり客の中にいないかどうかを聞く。いなければ、次のホテル、旅館に移る。

ときどき見張り役とフロント係への質問役を交代した。

なかなか竹田が泊まっているという返事は聞けなかった。

素早く調べていったつもりだったが、それでも、片山津のすべてのホテル、旅館を調べ終わったときは、午後六時を過ぎていた。

結局、この片山津には、竹田が泊まっていないことを確認して、十津川と亀井は、Kホテルに戻った。

夕食をとりながら、十津川は、

「今日は、ゆっくり温泉につかって寝て、明日に備えようじゃないか」

と、亀井にいった。

亀井が疲れた表情をしていたからだった。たぶん、自分も、しょぼしょぼした顔をしているだろう。

「明日は、どこを探しますか？」

「そうだな。山代温泉を調べ、次は山中温泉だ」

と、十津川はいった。

夕食のあと、二人は、一階の大浴場に降りていき、温泉に入った。少しぬるめの湯船にじっとつかっていると、雨の音が聞こえてくる。

窓ガラスの向こうに、暗い、柴山潟の湖面が広がっている。それに眼をやっている うちに、十津川は、ふと、強い不安に襲われた。

竹田は、とっくに、北海道か九州あたりに逃げてしまって、この北陸の温泉などに は来ていないのではないかという不安だった。

（強行軍で、疲れているせいだ）

と、十津川は自分にいい聞かせた。

4

翌朝、眼をさますと、窓のカーテンが明るく光っていた。

起きあがって、カーテンを開けると、強い太陽の光が射し込んできた。

亀井も眼をさまして、布団《ふとん》の上に起きあがって、

「いい天気ですね」

「ああ、梅雨前線が下がったんだろう。たぶん東京は雨だよ」

と、十津川はいった。

ともかく寝たので、十津川は、元気を取り戻し、自信も回復した。

朝食をすませると、二人は、レンタカーで山代温泉に向かった。

北陸本線を、逆に戻る感じで越え、加賀《かが》平野の奥へ向かう。

国道も県道も、よく整備されているうえ、東京のように混んではいないから、快適に走る。

観光バスも、走っている。二十二、三分も走ると、「山代温泉にようこそ」という大きな看板が見えてきた。

山代温泉には、三十二軒のホテル、旅館がある。この中には、その大きさで有名なホテル百万石《ひゃくまんごく》も、そびえている。

ここでも、二人は、片山津でとったと同じ方法で、一軒ずつ当たっていった。

昼過ぎまでかかって、三十二軒を調べ了《お》えたが、竹田は、泊まっていなかった。

そば屋を見つけて、二人は、遅い昼食をすませたあと、山中温泉に向かった。

さらに、十二、三分、車を走らせると、大聖寺《だいしょうじ》川にかかる橋にぶつかる。それを渡って、国道364号線に入り、南下すると、今度は、山中温泉の看板が見えてきた。

国道364号線に平行して、大聖寺川が流れていて、国道と大聖寺川の両方に沿って、二十八軒のホテル、旅館が並んでいる。

片山津や山代と違って、この山中温泉は、山間《やまあい》にあり、大聖寺川沿いに長々と点在しているので、前の二つよりも調べるのは大変だった。

その代わり、十二軒めのSホテルで、初めて反応があった。

フロント係は、竹田の写真をじっと見ていたが、

「この方なら、お泊まりになっていました。お名前は、竹田さまではなく、前川　透《まえかわとおる》さまでしたが、間違いなく、この写真の方です」

と、はっきりした口調でいった。

「それで、今は？」

と、十津川がきくと、

「もう、お発《た》ちになりました。今朝の午前九時ごろです」

と、フロント係はいった。

「行き先は？」

と、亀井がきいた。

「わかりませんが、タクシーをお呼びしましたから、運転手が知っているかもしれません」

「じゃあ、その運転手を呼んでください」

と、十津川はいった。

運転手が来るまでの間に、十津川は、フロント係に、ここでの竹田の様子を聞いてみた。

フロント係は、笑って、

「ひとりで、おいでになったんですが、芸者さんを五人もお呼びになって、どんちゃん騒ぎで賑《にぎ》やかでした」

と、いった。

「金も、使ったでしょうね?」

と、亀井がきいた。

「私どもは、関係ありませんが、お姐《ねえ》さんたちには、じゃんじゃん札束をばらまいたりされたようで、大喜びしていましたよ」

と、フロント係はいった。

「どのくらい使ったか、わかりますか?」

と、十津川が、きいた。

「さあ、私どもにはわかりませんが、お姐さん方へのご祝儀だけでも、百万以上はお使いになったんじゃありませんかね。いいお客さんだと、お姐さん方は、大喜びだったんですがねえ」

フロント係は、当惑した表情になっていう。
七、八分してタクシー運転手がやってきて、
「W交通の林《はやし》です」

と、挨拶《あいさつ》した。

この林運転手にも、竹田の写真を見せると、

「たしかに、今朝、お乗せしましたが――」

「どこまでです？」

と、十津川はきいた。

「東尋坊から、越前《えちぜん》海岸を廻って、北陸本線の芦原温泉駅で降ろしましたが」

と、林運転手はいった。

「東尋坊から、越前海岸――？」

「はい」

「景色を楽しんでいたのか？」

と、亀井が難しい顔できいた。

「と、思いますが」

「ほかにも、何かあったのかね？」

「時間つぶしも、あったと思います」

「時間つぶし――?」

「ええ。芦原温泉に行きたいんだが、一応午後三時が、チェック・インの時間なので、それまで、景色のいいところを走ってくれと、いわれたもんですから」

「午後三時?」

「ええ」

「午後三時に、芦原温泉か」

と、十津川は呟き、腕時計に眼をやった。

すでに、午後五時に近い。竹田は、芦原温泉のホテルに入っている時間である。

「芦原温泉の何というホテルに泊まるか、いっていませんでしたか?」

と、十津川は林にきいた。

「聞いていません。聞いていれば、そのホテルまで行っています」

と、林はもっともないい方をした。

「芦原温泉駅の前で、降ろしたんですね?」

「というより、駅の近くの喫茶店の前です。お茶を飲みたくなったと、おっしゃいましてね。それで、お待ちしていましょうといったら、ここからは歩いていくからといわれたので、私は、山中へ戻って参りました」

「その時刻は？」

「たしか、午後三時少し前だったと思います」

「カメさん。すぐ行こう」

と、十津川は亀井を促《うなが》した。

芦原温泉は、加賀温泉郷からは少し離れている。

国道364号線を、もう一度、山代温泉の方向に戻る。大聖寺川にかかる橋を渡れば山代だが、今度は戻らずに、日本海に向かってまっすぐに走る。

金沢へ行く国道8号線との交叉点を過ぎ、北陸本線を越え、北陸自動車道の下を抜けると、日本海に出た。

海沿いの国道305号線を東尋坊方向に走りつづけると、福井《ふくい》県に入った。

日本海と、北潟《きたかた》湖とにはさまれた国道を、なおも走りつづけると、芦原温泉の表示板が見えてきた。ホテルの名前の看板も、多くなってくる。

陽が落ちて、周囲がうす暗くなってきた。

山中のような、川沿いに開けた温泉ではなく、芦原は、周囲を水田に囲まれた平地の温泉である。

ホテル、旅館の類《たぐ》いは、片山津、山代、山中より多くて、四十二軒を数える。

十津川と亀井は、はやる心を抑えながら、一軒ずつ当たっていった。

竹田が、この芦原温泉にいることがわかっているから、緊張と同時に、逮捕できるという期待も、大きくなってくる。

ホテルのフロントに問いただす口調も、自然に厳しくなってしまう。

十三軒めのＲホテルでだった。

ロビーに入り、亀井が周囲を見廻している間に、十津川がフロントに行き、警察手帳と竹田の写真を示すと、フロント係の男の顔色が変わって、

「あッ」

と、小さな声をあげた。

「この男が、泊まっているんですね？」

と、十津川が声をおさえてきいた。

「それが――」

と、三十五、六歳のフロント係がいう。

「何号室です。教えてください」

「それが、もう、いらっしゃいません」

「いない？」

「はい」

「どういうことですか？」

　自然に、十津川の声がとがってくる。亀井も、傍に駆け寄ってきた。

「急に、チェック・アウトされたんですよ」

　と、フロント係が申しわけなさそうにいった。

「理由は？　なぜ、急に出発したんですか？」

「わかりません。散歩から戻られると、あわただしくお発ちになりました。十五、六分前です」

「散歩に出ていた？」

「はい」

（くそ！）

　と、思った。ほかのホテルに当たっているのを、偶然、目撃されてしまったのだ。神経過敏になっていた竹田は、刑事が追ってきたことを感じとり、あわてて逃げ出したのだろう。

「十五、六分前と、いったね？」

と、十津川は確かめるように、フロント係にきいた。

「はい」

「ここには、何という名前で、泊まっていたんだ？」

「前川さまです。前川透さまです」

と、フロント係はいう。

それなら、山中温泉で使った偽名と同じだった。

「今日一日泊まって、明日、出発することになっていたのかね？」

と、亀井がきく。

「はい」

「カメさん、追いかけよう。十五、六分前にチェック・アウトしたんなら、そう遠くまでは行ってないはずだ」

と、十津川がいったとき、フロント係が、

「ショルダーバッグは、どういたしましょう？」

と、十津川に声をかけてきた。

「ショルダーバッグ？」

「はい。前川さまが、お忘れになったものです。中に大金が入っているので、どうしたらいいかと、考えていたんです。なにしろ、前川さまの行き先がわかりませんので」

フロント係は、本当に当惑した顔でいう。

「見せてください」

と、十津川はいった。

フロント係が出して見せたのは、白い革の小さなショルダーバッグだった。

開けてみると、中から百万円の札束が三つ転がり出てきた。五百万の中の使い残りらしい。

十津川は、亀井と顔を見合わせた。

「少し、様子を見たほうがいいかもしれませんね」

と、亀井が小声でいう。

十津川は、フロント係に向かって、

「このショルダーバッグのことで、竹田から――ではなく、前川から電話が掛かってくるかもしれません。そのときは、ちゃんと預かっているから、取りに来るようにいってください」

「わかりました」

と、フロント係は肯《うなず》いたが、

「もし、どこそこへ持ってきてくれといわれたら、どうしましょうか？」

「持っていくと、いってください」

と、十津川はいった。

十津川と亀井は、竹田から掛かってくるかもしれぬ電話を待ちながら、フロント係にここでの竹田の様子を聞いた。

「とにかく、楽しくやりたいから、芸者をたくさん呼んでくれと、いきなりいわれました。ちょうど、芸者さんたちがヒマなときなので、なんとか、四人ばかり来てくれることになったんですが、急に、お発ちになってしまって――」

と、フロント係はいった。

「誰か訪ねてくるとか、外へ電話したということは、ありませんか？」

「ありませんね。今もいいましたように、夕方、散歩に出られましたが」

と、フロント係がいったとき、カウンターの上の電話が鳴った。

フロント係が、こわばった顔で受話器を取る。

十津川は、顔を寄せて、耳をすませた。

「Ｒホテルのフロントで、ございますが」

と、フロント係がいう。

――今日、急にチェック・アウトしてしまった前川だけどね。

という男の声が聞こえた。十津川の顔も、緊張する。

「はい。前川さまですね。覚えております」

と、フロント係が答える。

――あとで気がついたんだが、部屋に、ショルダーバッグを忘れてしまってね。白いバッグだよ。

「ちゃんと、お預かりしております。今日にも取りにいらっしゃいますか？」

――行きたいんだが、こっちに、用があってね。お礼をするから、持って来てくれないかね？

「どこへ、お持ちすれば、よろしいんでしょうか？」

――ちょっと遠いんだが、いいかな？

「どこでしょうか？」

――越前海岸なんだ。

「そこなら、よく行くので、お持ちしますよ」

――助かるよ。越前海岸に、呼鳥門《こちょうもん》というのがあるだろう？

「はい。知っています」

――あそこに、明日の午前九時に、持ってきてくれないか？

「はい。お持ちします」

――それからね、あんたひとりで来てほしいんだよ。

「私、ひとりでですか？」

――実は、おれ、借金取りに追われていてね。それも暴力団系なんで、下手をすると、殺されかねないんだよ。だからひとりで来てもらいたいんだ。

「はい」

――それから、おたくのホテルの人たちは、男も女も洒落《しゃれ》たユニホームを着ていたね。

「はい。有名なデザイナーが、デザインされた服で、ございます」

――明日、それを着てきてほしいんだ。あんたの顔は覚えてないが、その洒落た背広は覚えているからね。それを見れば、安心できるんだ。

「わかりました」

――おれが出発したあと、誰か訪ねてこなかったかね？

「誰も、いらっしゃいませんが――」

――そうか。それならいい。明日の午前九時に、呼鳥門に、ショルダーバッグを持ってきてくれ。お礼はする。ひとりで、ユニホームを着てだよ。

「必ず参ります」

と、フロント係はいって、電話を切った。

5

フロント係は、さすがに青い顔で溜息《ためいき》をつきながら、

「よろしかったでしょうか？」

と、十津川にきいた。

「ああ、よくやってくれました。感謝します」

と、十津川は礼をいったあと、

「ところで、越前海岸の呼鳥門というのは、どんな場所ですか？」

と、フロント係にきいた。

フロント係は、越前海岸地方の地図を取り出して、十津川と亀井に見せた。

なるほど、越前海岸の突端、越前岬の近くに、呼鳥門という文字が、書かれている。

「このあたりは、岩をくりぬいたトンネルが多いんですが、呼鳥門もその一つなんです。トンネルとしては、長さが数メートルしかなくて、門のように見えます。最近、この岩が風化《ふうか》して落石するようになったので、コンクリートで、補強されています。そのコンクリートに、越前焼のタイルを張りつけて飾ってあるので、きれいです。呼鳥門という大きな看板が出ているので、すぐわかります」

と、フロント係が教えてくれた。

「あなたの着ている制服の予備は、ありますか？」

「あると思います」

「明日、それを貸してください。それから、このホテルの名前の入った車がありますか？」

と、十津川はきいた。

「マイクロバスとライトバンがありますが――」

「ライトバンのほうを貸してください」

と、十津川はいった。

「警部。私も一緒に行きますよ」

と、亀井が眼を光らせていった。

「しかし、同じ車に乗っていたのでは、竹田に用心されてしまう。だから、カメさんは、レンタカーで、少し離れてついてきてくれ」

と、十津川はいった。

明日に備えて、十津川と亀井は、このRホテルに泊まることにした。

東京の捜査本部には、十津川が、電話でここまでの経過を説明した。

「われわれも、そちらに行きましょうか？」

と、西本刑事がきく。

「いや、相手はひとりなんだ。私とカメさんで大丈夫だよ」

と、十津川は止めた。

それに、大挙して刑事が集まれば、マスコミに気付かれて騒がれてしまう。また、県警も、勝手に地元で容疑者を逮捕したとして、つむじを曲げて、抗議してくるだろう。それが嫌だったのだ。

翌朝、十津川と亀井は、早めに朝食をすませると、十津川がRホテルの制服を借り、Rホテルの文字の入ったライトバンを運転して、越前岬に向かった。

レンタカーを運転する亀井が、少し距離を置いて続いた。

国道305号線を、南下する。右に曲がれば、東尋坊だが、そのまま進み、九頭《くず》竜《りゅう》川を渡る。

昨日は、梅雨の晴れ間で、快晴だったが、今日はまたどんよりと曇り、時折り雨が降ってくる。

最初のうちは、海は見えず、周囲にはアスパラなどを栽培している乾いた畠が広がっていたが、道路は、次第に海に近づいていく。

右手にどんよりと重い日本海を見ながら、十津川は車を走らせていった。

ときどき小さな海水浴場が眼に入ったが、もちろん、まだ泳いでいる人の姿はない。

越前岬に近づくにつれて、海岸は次々と荒々しい形を見せはじめた。岩礁《がんしょう》が多くなり、雨が降っているのに、その岩礁の上で釣りをしている人がいる。

海に突き出た断崖《だんがい》が、長い間、風や波に削られて、さまざまな形を作っていた。そこを、道路は、大小のトンネルを抜けて伸びている。

前方に、問題の呼鳥門が見えてきた。

断崖に穴が開いて、それが門のように見える。風化が激しいと欠けて落ちてくるので、補強され、それに呼鳥門という文字が描かれていた。

門の向こう側に車が一台、停まっているのが見えた。茶色の三菱《みつびし》パジェロだった。

十津川が車を停めて見ていると、その三菱パジェロから、男が一人降りてくるのがわかった。

背の高い、若い男だった。

(竹田だ)

と、思い、十津川も、白いショルダーバッグを手にして車から降りた。

竹田は、パジェロから離れ、呼鳥門の内壁に寄りかかって、じっとこちらを見ている。

(竹田は、おれの顔は知っていないはずだから)

と、十津川は思いながら、白いショルダーバッグを持ちあげ、

「Rホテルから、これをお届けに来ました！」

と、声をかけた。

竹田は、ちょっと手をあげたが、壁に寄りかかったままだ。

(おかしいな)

と、思ったのは、その瞬間だった。

十津川は、足を止め、激しく頭を回転させた。

ホテルの人間が、わざわざ三百万円入りのショルダーバッグを届けたのである。なぜ、喜んで、駆け寄ってこないのだろうか？

それに、竹田は、妙にかたい表情で、こちらを見ようとしないのはなぜなのか？

車も、おかしいといえば、おかしいではないか。竹田が乗ってきたパジェロは、福井ナンバーなのだ。レンタカー営業所で借りたのだとしたら、偽名を使えないから、平気で本名を名乗ったのだろうか？

なぜ、タクシーで来なかったのだろうか？

そんな、さまざまな疑問が一瞬のうちにわきあがって、十津川を不安にした。自然に足が止まってしまう。

（竹田を罠《わな》にはめたつもりだったが、ひょっとすると、おれのほうが罠にはめられたのではないのか？）

一瞬、冷たいものが背筋を走ったのは、長年の刑事の勘だったかもしれない。それとも、危険を予知する動物的本能だったのか。

十津川は、内ポケットの拳銃を手で触りながら、必死で周囲を見廻した。

（もし、罠にはめられたのだとしたら、どんな罠なのか？）

わからない。

だが、危険が近寄ってくることだけは、わかっている。

「どうしたんだ？　そのショルダーをこっちに持ってきてくれよ」

と、竹田が大声でいった。

瞬間、十津川の身体が、反射的に横に飛んだ。その場にいたら危ないと感じたのだ。

突然、銃声が呼鳥門をふるわせた。十津川の耳元を何かがかすめた。十津川は、転がるようにして、岩のかげに身を隠した。

続いて、二発めの弾丸が岩肌に当たって、破片を飛ばした。

竹田が、逃げるように車に走り込む。

十津川は、膝をつき、拳銃を取り出した。相手は、三発めを射《う》ってきた。が、それは、十津川を狙ったのではなく、彼の乗ってきた車を狙ったものだった。

四発めも車に命中して、燃えあがった。

亀井がレンタカーから飛び降りて、十津川の傍に駆け寄ってきた。

通りかかった車が、炎上しているライトバンを見て、次々に急ブレーキをかけて停車する。

「大丈夫ですか？」

と、亀井も拳銃を構えて、十津川にきいた。

「私は、大丈夫だ」

「警部を狙いましたね」

「見事に、罠にはめられたよ」

と、十津川はいい、竹田の乗り込んだパジェロに眼を向けた。が、炎上したライトバンの煙が、風に流されて、パジェロを押し包んでしまった。

その煙の中で、パジェロがエンジンをかけ、動き出す。

「追いましょう！」

と、亀井が大声でいった。

「無理だよ。車が動かない」

と、十津川がいった。

ライトバンが燃えあがり、あとから来た車が次々と停車してしまっているので、二人のレンタカーは動きがとれないのだ。

二人は、呼鳥門の反対側まで歩いて出てみた。

すでに、例のパジェロの姿は消えてしまっていた。

誰かが一一〇番したとみえて、パトカーのサイレンの音が聞こえてきた。

「参ったな」

と、十津川は呟いた。

「県警が文句をいいますよ。勝手に、福井県内で、犯人を逮捕しようとしたとして」

「仕方がない。正直に話して謝ろう」

と、十津川はいった。

二人は、レンタカーから消火器を持ってきて、燃えている車の消火に取りかかった。

三台のパトカーが次々に停まり、警官が降りてくる。

まだ、実際に何があったか知らない感じだった。彼らは、黒焦げになった車を取り囲み、近くにいた人たちに向かって、

「銃声がしたということだが、誰か、射った人間を見た人はいませんか？」

と、聞いたりしている。

十津川と亀井が、彼らに向かって警察手帳を見せ、事情を簡単に説明した。

「それで、パジェロと竹田の手配をお願いしたい」

と、十津川がいうと、県警の警官たちは驚いて、すぐパトカーの無線で本部と連絡を始めた。

鑑識を呼んで、焼けた車や発射された弾丸を調べはじめ、十津川と亀井はパトカーで、福井県警本部に、案内された。

十津川は、改めて県警本部長に、詳しく今日の事件の説明をした。

「容疑者の動きが急だったので、こちらに、何の連絡もせず、勝手な行動をお詫《わ》びし

ます」

「それは、了解しましたが、十津川さんは、ご自分がなぜ射たれたのか、心当たりはありますか？」

と、前田《まえだ》本部長はきいた。

「いや、心当たりといったものは、ありません。ただ、私としては、竹田を罠にはめたつもりで、呼鳥門に出かけたのに、どうやら、私のほうが罠にかけられたような気がしています」

と、十津川はいった。

県警は、十津川の渡した竹田の写真と三菱パジェロを手配してくれた。が、いっこうに発見したという報告は届かなかった。

その間に、十津川はRホテルに連絡し、貸してもらった車が焼けてしまったことを連絡して、詫びた。

夜になっても、竹田と車が発見されたという知らせは、届かなかった。

ただ、射たれた四発の弾丸のうち、二発が発見され、薬莢《やっきょう》は四つ発見されたという報告があった。

薬莢が見つかったのは、ちょうど三菱パジェロの停まっていた場所だった。たぶんパジェロの車体の下に伏せていた人間が射ったのだ。

竹田が、車から離れた場所で壁に寄りかかり、十津川がショルダーバッグを差し出しても、動こうとしなかったのは、狙撃者《そげき》の邪魔にならないようにしていたのだろう。

十津川と亀井は、Rホテルに戻り、焼失した車の代金は、警視庁に請求してくれるようにいい、その日も、このホテルに泊まることにした。

夜になっても、竹田が見つかったという知らせは、県警から来なかった。

朝になり、朝食をとっているところに、県警のパトカーが十津川たちを迎えにやって来た。

迎えに来たのは、刑事課の村上《むらかみ》という若い警部で、

「十津川さんたちにも、これから現場に同行していただきたいのです」

と、いった。

「現場？」

と、十津川がきくと、

「九頭竜湖で、竹田と思われる男の死体が発見されたのです」

「九頭竜湖で？　車のほうは、どうですか？」

と、十津川はきいた。

「車の中で、死んでいました」

と、村上はいった。

「自殺ですか？　それとも他殺ですか？」

と、亀井がきいた。

「その点は、まだはっきりしません」

と、村上はいう。

6

十津川たちは、県警のパトカーに乗って、九頭竜湖に向かった。

「少し、遠いですが」

と、村上はいった。が、たしかに遠かった。

まず、永平寺《えいへいじ》に向かい、その横を抜け、国道158号線を、山間に向かって走りつづけた。

道路に平行する形で、越美北線《えつみほく》の線路が続いている。この線の終点は、九頭竜湖である。

空はどんよりと曇っていたが、ときどきうす陽が射してくる。

道路の横に、突然巨大な五重塔と寺院が見えてきた。法隆寺《ほうりゅうじ》によく似ているが、やたらに真新しい。続いて、これも真新しい城が現われた。

〈平成《へいせい》の名城〉

という看板が出ている。

資産家の個人が建てたものだと、村上警部が教えてくれた。

やがて、越前大野《えちぜんおおの》の町に入る。

「あと、一時間少しです」

と、村上がいう。たしかに遠いのだ。

やっと、前方にダムが見えてきた。九頭竜湖には、八つのダムがあるが、その一つである。

二番めのダムの近くに、パトカーや鑑識の車が停まっているのが見えた。

例の三菱パジェロも見えた。

村上が、その傍にパトカーを停め、十津川たちは車から降りた。

湖面が、暗く沈んでいる。

「ここから、パジェロは斜めに、湖に突っ込んでいたんです。いつもなら、車体は沈んでわからなかったでしょうが、今年は水量が少ないので、屋根の一部が見えていて、発見されました」

と、村上が説明する。

手配の車だったので、引き揚げたところ、運転席に男の死体があったのだともいう。

竹田の死体は、パジェロの横に仰向《あおむ》けに横たえられていた。

検死官が、村上に向かって、

「後頭部に裂傷がある。かなり深い傷だよ。殺された可能性が強いね」

と、いった。

「死亡時刻は？」

と、村上がきいた。

「昨夜の午後十時から十二時までの間くらいじゃないかね」

と、検死官はいった。

十津川と亀井は、湖面に眼をやった。

十津川は、最初から、竹田が自殺や事故死とは思っていなかった。

間違いなく、ここまで連れてこられ、殺されたのだ。殺したのは、呼鳥門で十津川を狙撃した人間だろう。

「車のことが、わかりました」

と、刑事のひとりが村上に報告する。

「あの三菱パジェロは、福井市内の営業所のレンタカーで一昨日の午後五時二十分に、竹田淳が借りています」

と、刑事がいった。

それを聞いて、十津川がびっくりして、

「間違いなく、竹田本人が借りているんですか？」

と、割り込む感じできいた。

「そうです。竹田の免許証をコピーしたものも、福井の営業所にとってありました」

と、県警の刑事はいう。

その答えも、十津川には意外だった。

竹田は、殺人を犯して、北陸へ逃げていた男である。

指名手配されることは、覚悟していただろうし、だからこそ、山中温泉でも芦原温泉でも、偽名を使っていたのではないのか？

それなのに、自分の運転免許証を示して、レンタカーを借りたというのは、どういうことなのだろうか？

それも、目立つ四輪駆動の車をである。

車の中にあった品物と、竹田の所持品が並べられた。

竹田の所持品は、財布、運転免許証、ナイフ、キーホルダー、腕時計、山中温泉でもらったと思われる芸者の名刺などである。

十津川は、その横に例の白いショルダーバッグを並べた。札束の入ったショルダーバッグである。

パジェロの車内から見つかったものは、携帯電話だった。それがあった場所は、助手席の、車検証などを入れておくボックスだという。竹田を殺した犯人は、だから、携帯電話がそこに入っているとは知らずに、そのまま九頭竜湖に、車ごと落としたのだろう。

この携帯電話は、竹田のものに違いない。竹田を殺した犯人のものなら、その人間が、持ち去っているにちがいないからである。

「十津川さんは、自分を射った犯人を、目撃されていないんでしょう?」

と、村上警部がきいた。

「残念ながら、見ていません。車の下から射ってくるとは思いませんでしたし、そのあと、私の乗ってきた車が炎上し、その煙の中で逃げ出してしまいましたから」

と、十津川はいった。

「すると、男か女か、若いか、年寄りかも、わからないわけですね？」

「そうです」

「唯一、犯人のことを知っていると思える竹田も、こうして、物いわぬ死体になってしまっています。犯人の手掛かりは、何かありますか？」

と、村上が眉を寄せてきく。

「わかりません。これから、東京に帰って、調べてみたいと思っているのですが」

と、十津川はいった。

「犯人は、東京の人間だと思われるんですか？」

「正直にいって、それもわかりませんが、殺された竹田は東京の人間です。東京で生まれ、育ち、東京で働いていた男ですから、犯人も、きっと東京の人間だと思っています」

と、十津川はいった。

彼は、携帯電話を手に取り、FとOのボタンを押した。液晶画面にこの電話の電話番号が、表示された。十津川は、そのナンバーを手帳に書き止めてから、村上に改めて東京に帰る旨《むね》を伝えた。

「それでは、パトカーでお送りしましょう」

と、村上がいってくれたのへ、十津川は、

「ありがとうございますが、列車で帰りたいと思います」

と、いった。

「越美北線ですか？　本数が少ないですよ。特に、九頭竜湖発の列車は、一日、七、八本しかないんじゃないかな」

「珍しいので、乗ってみたいのです」

と、十津川は言った。

十津川は、亀井と九頭竜湖駅まで歩いていった。

「警部は、犯人が列車で、逃げたと思われるんですね？」

と、歩きながら、亀井がきいた。

「たぶんね。もう一台の車で、犯人が一緒にこの九頭竜湖へ来たとは思えない。もし、犯人も車に乗っていたとすれば、呼鳥門でも、自分の車に乗っていたはずだからね」

と、十津川はいった。

九頭竜湖駅は、最近、建てかえられたとみえて、真新しい、ログハウス風の駅舎だった。

このあたりは、材木の産地だから、駅もそれに合わせたのだろう。駅の時刻表を見ると、あと三十分くらいで、一一時二八分発の快速列車が出るのがわかった。二人は、福井までの切符を買った。

白い車体にグリーンの太いラインが入っている気動車である。福井からは米原《まいばら》に出て、そのあとは、新幹線で東京に戻るつもりになっていた。

列車の中での十津川は、珍しく口数が少なく、黙って考え込んでいた。亀井も遠慮して、話しかけてこなかった。

福井—米原と廻って、二人は新幹線で東京に戻った。

捜査本部の新宿署に入ると、十津川は、すぐ、捜査本部長の三上刑事部長に、竹田淳が殺されたことを報告した。

三上は、黙って聞いていたが、渋い表情になって、

「それは、君の捜査方針が、間違っていたということを意味するんじゃないのかね？」

「そのとおりです」

と、十津川はあっさり認めた。

「では、これから、どうするつもりだね？」

と、三上がきいた。

「それを、これから、考えようと思っています」

「次は、絶対に間違えないようにしたまえ」

と、三上はいった。

「間違えません」

十津川は、自分にいい聞かせるようにいった。

亀井たちのところに戻ると、十津川は、

「今回の事件で、私は、完全な間違いをやってしまった。そのため、竹田淳を殺すことになった。私の責任だ。一刻も早く事件の真相をつかんで、犯人を逮捕したい」

と、いった。

「竹田が、ホステス殺しの犯人ではないということですか？」

と、西本がきいた。

「竹田も、あっさり殺されてしまったところをみると、彼を犯人と考えるには、無理があると思わざるをえないんだよ」

「しかし、共犯という考えも、あるんじゃありませんか？　竹田ともうひとりの人間が、ホステスの白石かおり殺しの共犯で、二人の間がもめて、共犯者が竹田を殺したということは、考えられませんか？」

「それは、ありえないね」

と、十津川はあっさり否定した。が、西本は、さらに食いさがって、

「しかし、こういうことは、考えられませんか。竹田ともうひとりの犯人が、五百万を奪う目的で、ホステスを欺《だま》し、殺した。ところが、奪った五百万円を、竹田が持ち逃げしてしまった。怒った共犯者は、北陸まで追いかけていって、彼を殺してしまった。これは、考えられませんか？」

と、きく。

「それは、無理だよ。第一、私が呼鳥門で狙われた理由が、説明がつかない」

と、十津川はいった。

「では、警部は、どう考えられるわけですか？」

と、日下がきいた。

「犯人の本当の目的は、いったい何だったのだろうかと、考えたんだよ。われわれは、ホステスの白石かおりが殺されたことから、事件が始まったと、思っている。それが、警察の介入の仕方だから無理もないんだが、今度の事件では、少し考え方を変えなければいけないと、思うようになった」

と、十津川はいった。

「どんなふうにですか？」

「ひとりの人間がいた。たぶん男だ。彼は、私に対して恨《うら》みを持っていた。そこで、私を北陸に誘い出して殺そうと考え、計画を練った。誘い出すためのエサは簡単だ。殺人を犯せば、警察が捜査のために出てくるからね」

と、十津川はいった。

「しかし、必ず、警部が担当するとは、かぎらないでしょうに」

と、日下刑事が疑問を出した。

十津川は、それに対して、

「二つの考え方がある。第一は、犯人がわれわれの情報に詳しい人間で、次に事件が起これば、私が担当することになると知っていたケースだ。第二は、犯人がわれわれのことに詳しくなくても、次々に事件を起こしていけば、いつか私が担当するはずだと、考えたケースだ。どちらにしろ、犯人は、私が事件を担当したことを知って、罠を仕掛けてきたのだと思っている」

と、いった。

「警察全体に対する反感から、警部を狙ったという線は、考えられませんか？　警視庁と考えてもいいと思いますが」

と、亀井がいった。

十津川は、「そのことも考えたよ」といった。

「だがね、その場合なら、別に、私個人を狙う必要はないし、狙わないだろう。派出所を爆破するとか、何も知らない警察官を突然、襲うんじゃないかね。そして、警察に対する抗議文を送りつけてくる。これまでにも、警察に対して反感を持った人間がいて、そうした行動をとってきたはずだ。今回のケースは、明らかに私を個人的に狙ったものとしか考えられないんだよ」

「しかし、呼鳥門に行くのが警部ではなくて、私だったかもしれません。私がRホテルの人間に化けて、ショルダーバッグを届けに行った場合でも、犯人は私を射ったんじゃないでしょうか？　そうだとすると、犯人は、警部個人を憎んでいるのではなく、警察、あるいは、警視庁捜査一課の人間を憎んでいることになってきますが」

と、亀井はいった。

たしかに、そこは、微妙なところだと、十津川も思った。

「竹田は、今から考えると、明らかにわざと、札束の入ったショルダーバッグをRホテルに忘れた。そして、ホテルに電話をかけ、それを届けてくれという。われわれがホテルをしらみつぶしに調べて、竹田を追っていることを承知のうえでだ。当然、私もカメさんも、竹田を逮捕する絶好のチャンスだと考える。いや、現に考えた。そこで、Rホテルのフロント係になりすまして、約束の時間に、呼鳥門に出かけていった。そのとき、今、カメさんがいったように、犯人は、私が来ると考えていたが、私とカメさんのどちらが来ても構わない。殺してやろうと、考えていたかということになってくるんだがね」

「そうです」

「私は、犯人が私が来ると、確信していたような気がするんだよ」

と、十津川はいった。

7

十津川は、続けて、その理由を説明した。

「犯人は、私という人間の行動パターンを、研究しているような気がするんだ。私とカメさんが一緒に動いていて、ああしたケースになった場合、私が最初に動き、カメさんに援護《えんご》してもらう。そうした行動パターンを知っていたのではないかと、思って

すか？」
「今回の犯人の行動は、すべて、警部のことを研究してのことだと、思われるわけで
いるんだ」
と、日下がきいた。
「そう思っている。というより、そう思いはじめている」
と、十津川はいい、急に苦笑して、
「それにしても、今回のケースは、最初から、私の不注意が続いていたんだよ。今に
なって、冷静に考えればね」
「どんなところがですか？」
と、亀井がきいた。
「第一が、竹田のマンションの部屋に、北陸の観光パンフレットが、わざとらしく置
かれていたことだよ。今から思えば、あれは、われわれを北陸へ誘い出す小道具だっ
たとしか、考えられないね」
と、十津川は苦笑しながらいった。
「申しわけありません。私もあれを見つけたときは、竹田の行き先がわかったと思っ
て、小躍《こおど》りしてしまいまして――」

西本が、申しわけなさそうにいった。

十津川は、首を小さく横に振って、

「それは、君や日下刑事の責任じゃない。君たちは、見つけたものを私に見せたのだし、それを、どう判断するかは、指揮官である私の責任だ」

と、いった。

「おかしいといえば、Rホテルにかかってきた竹田の電話もですね」

と、亀井が思い出しながらいった。

「われわれが、誘い出された電話だね」

十津川は、苦い思いでいった。

「あのとき、竹田は、フロント係に対して、こういっています。来るときは、Rホテルのユニホームを着てきてくれ。おれは、ユニホームは覚えているが、君の顔は覚えていないからだと」

「それで、私は、フロント係になりすましても大丈夫だと、思い込んでしまったんだ」

と、十津川はいった。

「そのどこが、おかしいんですか？」

と、日下刑事がきく。亀井は、笑って、

「竹田は、とにかくショルダーバッグを持ってきてくれと頼んでいるんだ。それを、持ってきた人間から受け取ればいいんだ。別の人間が持ってくるはずはないんだからね。それなのに、わざわざフロント係の顔は覚えていないとか、だからRホテルのユニホームを着てこいとか、いってるんだ」

「しかし、それは、竹田が用心してたからじゃありませんか？　警察に追われた人間としては、ひょっとして、フロント係の代わりに警察が来るんじゃないかという不安があったので、わざわざ、Rホテルのユニホームを着てこいと、注文をつけたんじゃないかと思いますが」

と、三田村刑事が口を挟《はさ》んだ。

亀井は、また苦笑して、

「それなら、こういうさ。おれは、フロント係の顔をよく覚えているぞとね。だから、ほかの人間をよこすなとだよ。それなのに、顔は覚えていないが、ユニホームは覚えているといえば、フロント係に変装して、どうぞ捕まえに来てくださいと、いっているみたいなものじゃないか」

と、いった。

「その誘いに、私もカメさんも、まんまとのってしまったんだよ」

と、十津川はいった。

もう一つ、竹田は、必ずひとりで呼鳥門に来いと、念を押している。

あれも、冷静に考えればおかしいのだ。もし、Rホテルの人間が、ショルダーバッグを持ってきてくれると思っているのなら、別に必ずひとりで来てくれなくても、二人、三人で持ってきてくれても構わないからだ。

あの言葉は、明らかに、Rホテルのフロント係に聞かせようとしたのではなく、傍にいるにちがいない十津川と亀井に聞かせようとしたのだ。

殺人事件の容疑者が、「ひとりで来い」といった場合、十津川は、「カメさん。君が行ってくれ」とは絶対にいわない。自分が行くという。犯人はそれを知っていて、わざと「ひとりで来い」といったのではないか。

「一つ、疑問があるんですが、よろしいでしょうか?」

と、黙っていた北条早苗刑事が十津川を見た。

「ああ、どんなことでも、いってほしいね」

「警部は、ホステスの白石かおりを本当に殺したのは竹田淳ではなくて、彼を殺し、警部を狙撃した人間だと、思われているんでしょうか?」

と、早苗はきいた。

十津川は、肯いて、

「今は、そう思っているよ」

と、いった。

「すると、竹田が北陸へ逃げたのも、すべて、その人間の指示によることになってくると、思いますが――」

「そのとおりだよ」

「なぜ、竹田は、そんな損な役割を、唯々諾々《いいだくだく》として演じたんでしょうか？」

と、早苗がきいた。

もっともな疑問だった。

十津川は、慎重に、

「二人の関係がわからない今の段階では、はっきりしたことはいえないんだがね」

と、前置きしてから、

「たぶん金につられたんだと思うね。現に、竹田は、山中温泉で豪遊している。その金を犯人に貰ったんだろう。私を殺すことに成功したら、もっとたくさんの金が、貰えることになっていたんじゃないかと思うね」

「しかし、いくら金を貰っても、ホステス殺しの犯人にされてしまっては、合わないんじゃありませんか？」

と、なおも早苗はきいた。

「たしかに、それなら合わないと思うがね。竹田だって、ちょっとした悪党だ。ただ、金をもらっただけで、危ない橋を渡ったとは思えない。たぶん竹田は、白石かおりを殺してないと思うし、きちんとしたアリバイがあるんじゃないか。だから、金をもらって、安心して北陸で遊び、私やカメさんを誘い出す手助けをしたんだと思うね」

と、十津川はいった。

「でも、白石かおりのショルダーバッグを彼は盗っていますわ。それに、お金も。その罪はまぬがれないと思います。それでも、彼は、なぜ、犯人のいうとおりに動いたんでしょうか？」

と、早苗は質問を続けた。

「あのショルダーバッグだって、われわれは、頭から、竹田が白石かおりから奪ったものと決めていたが、はたしてそうだったかどうか、疑問だと思うんだよ。北条刑事のいうように、五百万円入りのショルダーバッグを強奪したという罪を負ってまで、竹田が犯人のいうなりに動いたとは、考えにくいからだ。あのショルダーバッグも、犯人が用意したものだったんじゃないか。竹田は、白石かおり殺しについて、まったく関係がないという証拠を持っていたから、平気で私とカメさんを、罠にかけられたんだと思うね」

と、十津川はいった。

問題は、それほどまでにして、竹田を味方につけ、十津川を射殺しようとした人間は、いったい誰かということである。

十津川は、ひとりの人間の顔を創《つく》ってみる。

ひとりの男といっていいだろう。

顔も経歴も、もちろん年齢もわからないが、とにかくライフルを持った男だ。

十津川が、故郷のない人間が殺人を犯して、逃亡するとしたらどこへ行くだろうかと、考えていたとき、ライフルを持った男は、十津川という人間について、考えていたにちがいないのだ。

彼は、十津川の性格はもちろん、部下の刑事たちとの親密さや、逆の冷たさなども研究しただろう。

十津川は、部下の刑事たちを信頼している。だが、それでも、彼らに相談せず、独断専行することがある。そんな点も、ライフルの男は冷静に分析しているにちがいない。

男は、適当なエサを投げ与えれば、十津川が飛びついてくることを、よく知っていたのだ。

頭のいい、冷静な人間でも、自分の考えと一致している情報は信じやすい。今度の十津川のケースがそれだった。

竹田が白石かおりを殺して、五百万円入りの白いショルダーバッグを強奪して逃走したと、十津川は考えた。いや、十津川だけがそう考えたわけではなかった。殺された白石かおりの周辺の人たちは、すべて、同じように考えたのである。その考えで、捜査を開始したことも、十津川が、犯人は竹田と考えたことは許される。

問題は、そのあとだった。

竹田の部屋から、北陸地方のパンフレット、それも、芦原温泉や加賀温泉郷の案内パンフレットが見つかったことへの対応である。そのパンフレットには、加賀温泉駅と日付のゴム印が押されていた。

冷静なら、「みえみえの罠ではないか?」と、当然、考えるべきなのだ。

それを、十津川は、自分のいつもの考えをそれに当てはめ、竹田は、北陸の温泉に逃げたものと断定してしまった。

「カメさん。犯人は、私たち二人の行動をじっと、監視していたんじゃないかと思うんだよ」

と、十津川は重い口調でいった。

「小松行きの飛行機の中でもですか？」

と、亀井は半信半疑の表情できく。

（カメさんほどのベテラン刑事でも、犯人を自分が尾行することは考えても、刑事の自分が逆に尾行されることは、考えにくいんだ）

と、十津川は苦笑しながら、

「そうだよ。犯人は、私とカメさんが、あわただしく北陸に向かうのを尾行しながら、会心《かいしん》の笑《え》みを洩《も》らしていたんじゃないかね。自分の思いどおりに、私たちが動いたからだ」

「そして、先に北陸へ行っていた竹田に指示を与えて、山中から芦原へと移動させたわけですか？」

「そのとおりさ」

と、十津川は肯いた。

（ライフルの男は、今度のようなケースでは、おれが部下に委《まか》せず、カメさんと二人だけで飛び出していくのも、計算していたのだろう）

と、十津川は思った。

部下の刑事たちを北陸に行かせ、信用しないわけではない。その報告を待って新しく指示を与えるというのが、まだるっこくて、つい自分で動いてしまう。ひとりで動いてしまうこともあれば、亀井刑事と二人でということもある。

こうした十津川のやり方は、これまでに彼が扱った事件を調べれば、わかることだった。

そして、ライフルの男は冷静に、調べたにちがいない。

急に、十津川が、クスッと笑った。

「どうされたんですか？」

と、亀井が不審そうにきく。

「ずっと相手の人間のことを考えていたら、急に標的という言葉が頭に浮かんでね。私たちは、竹田を標的と考えて、北陸に追っていったんだが、いつの間にか、私が標的になっていたんだと思ってね」

と、十津川は笑った。

「笑いごとじゃありません。犯人は、もう一度、警部を狙いますよ」

亀井が、眉を寄せていった。

「わかっている。が、すぐには、あいつは、次の行動には移らないさ。こっちが用心していることは、十分にわかっているだろうからね」

と、十津川は、いった。

「しかし、油断は禁物ですよ。呼鳥門での狙撃に失敗すると、直《ただ》ちに竹田を殺して、彼の線から犯人に辿《たど》りつける道を絶ってしまったように、冷静で冷酷な男ですからね」

と、亀井はいった。

「ああ、わかっている」

と、十津川はいった。

8

（相手は、どんな男だろうか？）

十津川は、捜査本部の窓から、どんよりとした梅雨空に眼をやった。

ライフルで狙ったところをみると、銃には、かなり自信があるにちがいない。

呼鳥門で狙撃に失敗したのも、腕が悪かったせいではなく、エサの竹田の演技が下手で、途中で、十津川が警戒してしまったせいである。

竹田が怯《おび》えて、ぎこちない動きをしてしまったのだ。

竹田が、ライフルの男の考えたとおりに、完全に演技をしていたら、十津川は、彼を逮捕しようと近づいていき、間違いなく、射殺されていただろう。

男の腕が確かなことは、そのあと、十津川を威嚇《いかく》射撃しておいてから、Rホテルのライトバンを的確に射ち、炎上させたことでよくわかる。

それは、同時に、男の冷静な判断力も示していた。

十津川の乗ってきた車を炎上させてしまえば、芦原温泉の方向から来る車は、動けなくなり、十津川たちも、車による追跡ができなくなるからだ。少なくとも、五、六分は動きがとれなくなる。それを計算して、あのライトバンを狙撃し、竹田の運転するパジェロで逃げ去ったのだ。

十津川は、まず、黒板に三つのことを書いた。

■犯人は、冷静、冷酷な人間である。
■ライフルの腕に自信を持っている。
■私（十津川）に対して、特別な感情を持っている。憎しみ、恨み、あるいはライバル視かもしれない。

そこまで書いて、十津川は、また苦笑してしまった。ライフルの男は、やたらに箇条書きにする十津川のそんな癖もよく知っているのではないかと、思ったからだった。

そう思ったが、今さら、性格や癖は直しようがない。

構わずに、

■私（十津川）のことをいろいろと研究している。あるいは、私（十津川）のことを、いろいろと知り得るところにいる人間の可能性もある。

と、書いた。

そのあと、部下の刑事たちの顔を見廻して、

「今度は、君たちにも動いてもらう。私が関係したすべての事件を調べて、その中で

私に恨みを持ち、しかも、ライフル射撃のできる人間がいたら、その人間を見つけ出してほしいんだ。私は、この人間は、男だと思っているし、二十代じゃないとも思っている。二十代の若さなら、面倒な罠になどかけないで、いきなり帰宅途中の私を射つだろう。中年で、自分の知力に自信を持っていて、じっくりと私という人間を研究し、罠にかけたんだと思う。そうしたことを考慮に入れて、調べてほしい」

と、いった。

西本刑事たちが、一斉に過去の事件を洗いはじめた。

その間、十津川は、わざと自分は、その作業に手を染めなかった。冷静な第三者の眼で、今までの事件を再調査してほしかったからである。

理由は、そのほかにもう一つあって、それをひとりで考えてみたかったからでもある。

（おれは、ひょっとして、ライフルの男を知っているのではないか？）

と、思ったのだ。

竹田という小悪党を使い、ひとりのホステスを殺してまで、十津川を罠にかけた相手なのだ。

どこかで、会っていなければおかしい。十津川は、自分からケンカを売るような人間ではない。事件の捜査以外のところで、恨みを受けるようなことはしていないつもりだったが、人間の気持ちは、わからない。こちらでは、普通に接しているつもりでも、相手が傷つくこともありえるからだ。

「何をお考えですか？」

と、亀井が声をかけてきた。

「いろいろと、考えることがあってね」

と、十津川はいった。

「ひょっとして、警部は、相手が、自分の知っている人間ではないかと、考えておられるんじゃありませんか？」

と、亀井がいった。

「わかるかね？」

「そんな顔をしていらっしゃいますよ」

亀井は、そんないい方をした。

「だが、相手の顔が、浮かんでこないんだよ」

と、十津川は口惜《くちお》しそうにいった。

刑事たちによる過去の捜査の見直しは、二日間で終了した。

何人かのマークすべき人間が、浮かび上がってきた。その一人一人について、十津川が、呼鳥門で狙撃された時刻、六月二十八日午前九時のアリバイを調べていく。

その結果、候補の全員のアリバイが確認されたという報告があっても、十津川は、不思議に失望はしなかった。

頭のどこかで、別のところで、相手に会っているという意識があったからである。

しかし、その意識が空回りして、なかなか人物像が浮かんでこなかった。しかし、それは、亀井たちの力を頼みにするわけにはいかないのである。

それに、亀井がまったく思い浮かばないというところをみると、おそらく十津川だけが知っている人間の可能性があった。となれば、十津川ひとりが思い出さなくてはならないのだ。

十津川は、考えつづけた。

自分では、気付かずにその男を傷つけ、冷酷な復讐心を抱かせたのである。

それも、五年、十年といった過去ではないはずだった。そんな古いことなら、今までに、十津川の身に何か起きているはずだったからである。

とすれば、たぶんここ一年以内のことだろう。十津川は、そう考えた。

今までに、十津川が捜査した事件の関係者でないことは、もうわかっている。とすると、十津川が、個人的に関係を持った人間ということになってくる。

十津川の自宅周辺の人間だろうか？

だが、彼は、隣り近所の人間とは、付き合いらしいものがない。そうしたことは、妻の直子《なおこ》に委《まか》せているし、直子は、恨みを買うようなバカな真似はしない女である。

（わからないな）

十津川は、さらに考えつづけた。

最後に、ひとりだけ、思い浮かべた人間があった。

その男の名前は、吉沢広克《よしざわひろかつ》。四十二歳である。

正直にいって、彼に恨まれているという意識はなかった。彼と口論をした記憶もなかったからである。

それなのに、最後に、吉沢の名前を浮かべたのは、そのほかの条件を満たしていたからだった。

吉沢は、東京のT大で法律を勉強したあと、アメリカのW大で犯罪心理学を学び、実際にFBIに勤務し、アメリカの凶悪事件を担当、研究し、今年の一月に帰国した。

その後、吉沢は母校T大で、犯罪心理学の助教授になると同時に、警視庁に招かれて、新しい警察制度と新しい捜査のあり方について、講義をした。

警視庁も、二十一世紀に向けた新しい警察を模索するうえで、吉沢のサジェスチョンを必要としたということである。

吉沢は、今も、警視庁の顧問という形で、折りにふれさまざまなサジェスチョンを与えている。

つまり、警視庁の捜査の現状を知り得る立場にいるということである。

もう一つ、吉沢は、FBIで働いていたとき、実際に射撃の訓練も受けている。帰国後、吉沢は、すぐ狩猟《しゅりょう》免許をとり、二丁の銃を購入した。

吉沢は、当然、十津川の捜査について、知り得る立場だったし、ライフルも持っているということである。

あとは、彼がはたして、十津川を射殺したいほど、憎んでいるかということだった。

十津川にその意識はないし、吉沢の講義を聞いたのは、一度切りである。

あれは、今年の四月六日で、吉沢が警視庁の要請で、アメリカの凶悪事件とその捜査状況について、十津川たち、警部以上の人間に講義したものだった。

十津川は、そのときのことを、ゆっくりと思い出してみた。最初から最後までをである。

吉沢は、T大とアメリカのW大で犯罪心理について学び、しかも、FBIで実務にもついて帰国したことで、自信にあふれていた。

それだけに、捜査一課の、第一線で働いている警部たちに対しても、教えてやるという態度だった。

ＦＢＩの捜査の実際を例にあげ、新しい警察の捜査は、いかにあるべきかを、三時間にわたって講義した。

「日本の警察官は、個人的には優秀だが、その制度は時代おくれであり、優秀な刑事も、いまだに勘と自供に頼っていて、今の時代に即応しえないと、私は考えます」

これが、そのときの吉沢の講義を貫く基本姿勢だった。

十津川は、その講義について、批判めいたことをいった覚えもないし、質問もしていない。

（ただ――）

と、十津川は思った。

十津川は、吉沢の意見には賛成できなかった。

ＦＢＩの捜査方法が、そのまま日本の現状に生かせるものではなかったし、吉沢が、ＦＢＩで働いたといっても、たかが一年半の期間だけである。

そんな学者に、十津川の十五年間の捜査がわかるものかという反発もあった。

（それが、自然に、表情に出てしまったのではあるまいか？）

と、十津川は考えた。

吉沢は、その表情に、敏感に気付いたのではないか？

自尊心の強い吉沢には、それがカチンと来たのかもしれない。

また、吉沢は、この講義の前から、十津川を意識していたようなのだ。

三上刑事部長が、吉沢の質問に答えて、十津川を警視庁の将来を背負っていくはずの人間と、いっていたからである。

その十津川が、講義について、批判的な表情を見せ、しかも、まったく質問しなかったことが、吉沢の自尊心を傷つけたことは、十分に考えられるのだ。

しかも、吉沢は、第一線の警部たちを選んで、自分の講義に対する感想を書いてほしいといった。

ほとんどの警部たちが、講義はすばらしく、実際の捜査に役立たせたいと書いて、吉沢に渡したのに、肝心の十津川は、事件の捜査に走り廻っていて、感想文を書けなかったのだ。

吉沢は、そのことにも腹を立て、次第に十津川を憎む気持ちが増幅していったのではあるまいか？

その怒りは、吉沢の胸の中で次第に大きく広がっていき、今回のような、十津川に罠を張るといった計画を立てたにちがいないと思った。

「吉沢助教授ですか？」

と、亀井がいぶかしげに、その名前を口にした。

「そうだ。あの吉沢助教授だよ」

と、十津川はいった。

「私は、実際に、彼の講義を受けていないので、その点はなんともいえませんが、警視庁のために、働いてくれているし、彼の書いた論文には、もっともだと思わせるところがありましたが――」

「もちろん、彼は、頭もいい、話に納得できる点も多い。だが、それだけに自信満々で、少しの反発でも、許せなかったんじゃないかと思うのだ」

と、十津川はいった。

「しかし、警部。警部の表情がそうだったとしても、吉沢助教授が犯人だという確証はないんじゃありませんか？」

「それを、これから調べていく」

と、十津川は眼を光らせていった。さらに、

「これは、絶対に、吉沢広克には聞こえないように、やってほしいんだ。もし、吉沢の耳に聞こえたら、切れる男だけに、突然、姿を消してしまうからだよ」

と、十津川は付け加えた。

西本たちは、吉沢について、ひそかに聞き込みを開始した。

六月二十八日、午前九時の吉沢のアリバイ。これは直接本人に聞くことができないので、彼が勤めているT大の、彼の友人や学生に当たることになる。それも、警察とは告げず、西本たちは、週刊誌の記者と名乗り、アメリカ帰りの新進学者の取材ということにして調べた。

その結果、二十八日をはさんで三日間、吉沢は休講していることがわかった。

「理由は、最近の外国人犯罪について、新宿、上野《うえの》などの盛り場を実際に歩いて研究したいからだと、学校には報告しています」

と、西本は十津川にいった。

「それで、吉沢は実際に東京の盛り場を歩いて、外国人犯罪について、調べているのかね？」

と、十津川はきいた。

「レポートが作成され、それに基づいて学生に講義することになっています。それだけでなく、うちの三上刑事部長のところにも、捜査の参考にしてほしいと、コピーが送られてきています」

「やるものだな」

と、亀井が苦笑した。

「そのレポートだが、本当に、吉沢が自分の足で取材したものなのかね？」

と、十津川がきいた。

「本人は、自分で取材したようにいっているそうですが、わかりません。金で人を傭《やと》い、調べさせた可能性もあります」

と、西本はいった。

「もし、他人に頼んだとしたら、学生か、あるいはそうした調査を専門にやっている会社があるはずだから、その線を調べてみてくれ」

と、十津川はいった。

続いて、吉沢の性格の調査だった。これは現在のＴ大の同僚や学生たちには当たらず、渡米前の友人、知人に会って話を聞き、彼がアメリカで働いていたＦＢＩにも、問い合わせの手紙を書いた。

少しずつ、十津川の欲しい情報や結果が集まってきた。

吉沢が、東京の盛り場で足で集めたと称しているレポートについて、どうやら、オフィス・ゼロというグループに依頼したのではないかという情報が出てきた。

オフィス・ゼロは二十代から三十代の男女八人によって作られた会社で、依頼を受けると、国内外で、要求された情報を集めてくる。まだ、これといった実績のない会社だが、若さに物をいわせて、体当たりで情報を集めてくるということで、少しずつ仕事が、増えていっていた。

八人の社員のうち、二人はT大出身だった。

「オフィス・ゼロでは、企業秘密ということで、吉沢からの依頼については話してくれませんでしたが、ここの三人の社員が、問題の三日間、新宿歌舞伎《かぶき》町周辺で、カメラやテープレコーダーを持って、動き廻っていたことが確認されています」

と、日下がいった。

吉沢広克の人間像についても、さまざまな意見が、十津川の手元に集まってきた。

吉沢は、頭の切れる優秀な学者という人たちもいる一方で、はったりで、自分を大きく見せているだけの男と、批判する声もある。

十津川は、そのどちらにも興味がなかった。やたらに賞《ほ》めそやすのも、まったく無視するのも、実体には遠いと思っているからだった。

十津川が興味を持ったのは、吉沢に関する小さなエピソードだった。そうしたエピソードが、意外に、ひとりの人間を浮かび上がらせてくれることがあるからである。

■大学時代、吉沢は、ハンサムで、女に優しかったので、よくもてた。が、彼が本気で好きになったミス・T大には、あっさりふられてしまった。彼女は、そのとき、吉沢さんは一見優しいが、根は冷たい人だとわかったと友人に語っている。

■T大の同窓だったK氏は、卒業後、吉沢に二度会っていた。一度は、アメリカに行き、吉沢がFBIで働いているところを訪ねると、歓待された。ところが、最近、吉沢が帰国し、T大の助教授になり、警視庁の顧問の形になったので、お祝いに行ったのだが、冷たく扱われた。

■吉沢が得意気によく話すことがある。「私が、帰国したあとで、何かのパーティに行ったんだ。そこで、得意気にアメリカの犯罪について話している男がいた。聞いているうちに、彼のは耳学問で、寄せ集めのアメリカ知識だということがすぐわかったよ。しかも、その人は、犯罪科学のプロだった人だ。よほど、その場で、彼の知識がいかに駄目なものか、いってやろうかと思ったが、彼に赤恥をかかせることになるのが可哀そうで、やめたんだよ。ところが、その男は、今度は、私をつかまえて、またアメリカの犯罪について、とくとくと喋《しゃべ》り始めたんだ。そこで、私は穏やかにいってやった。私はT大を卒業後、アメリカに行き、W大で犯罪心理学について勉強し、そのあと、FBIで実務を学んできたとね。そのとき、相手の男の顔がみるみる青ざめてさ。コソコソと逃げだしたよ。人間は、生半可《なまはんか》な知識を自慢するものじゃないな。その場に、どんな知識の持ち主がいるかわからないからね」

この三つのエピソードは、十津川には、興味があった。

第一のエピソードは、一般には、優しいと思われる吉沢の本質が冷たいということを、女の直感で、気付いた女性がいたということだろう。

二つめのエピソードは、意味が、よくわからなかったのだが、K氏の経歴を聞いてわかった。アメリカへ行ったとき、K氏は一流の商社に入社して、エリートコースを歩いているときだったが、二度めに吉沢に会いに行ったときは、その商社を辞めて、無職の状態だったのである。吉沢がK氏を差別したのは、そのときどきに、K氏を好きになったり嫌いになったわけではなく、K氏の肩書によったのだ。

三つめのエピソードに、十津川は、いちばん興味を覚えた。

似たような話を、芥川龍之介《あくたがわりゅうのすけ》が書いていて、最後に、自分の知識の豊かさを口にして、相手を赤面させるのは、一見、主人公を謙虚に思わせるが、本当は、意地悪で嫌味なのだとしている。

三番めのエピソードから浮かんでくる主人公（吉沢広克）は、自分に恃《たの》むところ強く、自分以外の人間が、犯罪心理やアメリカの犯罪について、得意気に話すのは、絶対に許せないという性格であろう。

十津川は、これで、吉沢が犯人だという確信を持った。

9

十津川は、ひとりで、吉沢に会いに行くことにした。

夜になって、十津川は、西麻布《にしあざぶ》にあるマンションに吉沢を訪ねた。

吉沢は、愛想よく、十津川を迎え入れた。三十二、三歳の美人秘書が、コーヒーを淹《い》れてくれてから、帰っていった。十津川が来たから帰ったのか、いつもこの時間になると帰るのか、わからなかったが、吉沢は、ＦＢＩ勤務のころにイタリア系の女性と結婚したが、帰国直前に離婚していて、今は、独身だから、若い女が周辺にいても、別におかしくはない。

「今日は、先生に相談したいことがあって伺ったのですよ」

と、十津川は切り出した。

「僕に？」

と、吉沢は疑い深そうに十津川を見返した。

「実は、私は北陸で何者かに、いきなり狙撃されました。危うく死ぬところでした」

「その話は、三上刑事部長から聞きましたよ」

「私は、犯人を追いかけることはあっても、相手から射たれることは、めったにないので、混乱してしまいましてね」

「それは、あるでしょうね。しかし、人間というのは、賞賛と恨みの両方を、どこかで受けているものです」

と、吉沢はいった。

「妙なもので、自分に起きた事件というのは、はっきりとは見えないのです」

「わかりますよ」

「どんな人間が、私を恨んでいるのか、見当がつかないのです」

「あなたは、有名な警部で、数々の事件を捜査してこられたわけでしょう。その間に、どこかで憎しみを買われたんじゃありませんか」

「やはり、先生もそう思われますか。私も、今、過去に手がけた事件を、洗い直しているところなんです」

と、十津川はいった。

「それで、容疑者が、浮かんできましたか?」

「四、五人の人間が、浮かんできてはいるのですが――」

「何か、ほかに引っかかるものがあるんですか?」

と、吉沢がきく。

「もし、自分の推理が間違っていたら、また、狙われることになりますし、今度は、射殺されるような気がしますのでね」

と、十津川はいった。

「怖いですか?」

と、吉沢が意地悪くきいた。

十津川は、小さく肩をすくめた。

「そりゃあ、怖いですよ。ＦＢＩで実務をしてこられた先生なら、おわかりになっていただけると思うのですが」

「ええ。わかりますよ。私もＦＢＩで働いていたとき、マフィアの殺し屋から射たれた経験がありますから」

と、吉沢は笑ったあと、

「とにかく、その数人の中に、犯人がいると思いますね。わかったら教えてください。僕が判断して差しあげましょう。人間を見る眼には、自信がありますから」

「ぜひ、お願いします」

「なるべく早く、容疑者を絞りなさい。僕がみるところ、相手は、また、十津川さんを狙うと思いますからね」

と、吉沢はいった。

十津川が捜査本部に戻ると、亀井が、

「どうでした？　吉沢の反応は」

と、きいた。

「私の話を、信用したかどうかわからないね。たぶん信用してないだろうと思うよ」

「なぜですか？」

「彼は、頭は切れるさ。私が突然相談に行けば、当然、怪《あや》しむよ」

と、十津川は小さく笑った。

「じゃあ、無駄でしたか？」

「それが、違うんだよ」

と、十津川はいった。

「どんなふうに、違うんですか？」

「吉沢は、今もいったように、私が本当に相談に行ったのではないことは、見抜いたと思うんだよ。ところが、なまじ頭がいいものだから、吉沢は、私が探りにきたのを逆に利用して、また、私を罠にかけようと考えたんじゃないかと思ってね」

と、十津川はいった。

「それは、間違いありませんか？」

亀井が、膝をのり出すようにしてきいた。

「ああ、間違いないいな」

と、十津川はいった。

「しかし、吉沢は、警部が探りに行ったのに、気付いたと思われるんでしょう？」

「だから、これからは化かし合いだよ」

と、十津川は笑った。

「勝てますか？」

と、亀井がきいた。

「少なくとも、吉沢は、私に勝てると確信しているだろうね。そこが、吉沢という男の弱点なんだ」

と、十津川はいった。

もちろん、弱点だが、こちらが、下手な動きをすれば、それは弱点ではなくなってしまう。それどころか、こちらの命取りになりかねないのだ。

「いっそのこと、吉沢を逮捕してしまったら、いかがですか？」

若い刑事が、十津川を見ていった。

「容疑は？」

「殺人と、殺人未遂です」

と、十津川がきく。

「証拠はないよ。竹田とのつながりもわからないし、彼が私を射ったという証拠もないんだ」

「駄目ですか？」

「駄目だな。私は、吉沢が犯人だと確信しているが、それと、私が、ある瞬間、吉沢に対して、軽蔑《けいべつ》の表情をし、それを彼が敏感に感じとって、怒りを持った。それが、動機だと思っているだけなんだ。吉沢と口論もしなかったし、殴り合いもしていない。吉沢が否定してしまえば、誰も、彼が私を殺す動機を持っていると、信じやしない。こんなことで、逮捕令状なんか取れやしないよ」

と、十津川はいった。

「吉沢が、実際には、自分で盛り場の外国人犯罪について調べてはいないとわかっても、駄目ですか？」

と、日下がきいた。

「無理だね。それを吉沢が認めたとしても、だからといって、彼が北陸に行って、私を狙撃したという証拠はないからだ」

「問題の日に、吉沢が北陸にいたことが、わかってもですか？」

と、三田村がきく。

「たまたま北陸に遊びに行っていたといわれたら、それで終わりだ。今もいったように、吉沢が私を殺したいほど憎んでいたというのは、ただ、私の一瞬の表情しかないんだ。そんなものが、証拠にはならないだろう。吉沢は、私を殺しに北陸へ行ったんですと説いても、上司も裁判所も、信用してくれやしないさ」

と、十津川は答えた。

「本当に、警部は、そんな表情をされたんですか？　私には、信じられませんけど」

北条早苗がきいた。

十津川は、笑って、

「私は、ときたまそんな表情をするらしいんだ。この間、家内にいわれて、自分で気付いたくらいでね。どうも、私は、本当に怒ると、言葉で反論しないで、黙って軽蔑の表情をするらしいんだよ。普通の相手なら気がつかないか、気がついても無視してしまうんだろうが、吉沢は、自分に恃むことが強いだけに、我慢がならなかったんじゃないかと思うね。たぶん吉沢は、ずっとエリートで生きてきて、軽蔑の視線にぶつかったことがなかったんじゃないかね。それで、自分の全人格が無視されたようなショックと怒りを覚えたんだと思う」

と、十津川はいった。

「今の段階で、吉沢を逮捕するのが無理だとすると、警部は、どうされるつもりですか？」

と、亀井がきいた。

「今度は、私が罠にかけてやる」

と、十津川はいった。

「しかし、それは、危険ですよ」

「ああ、わかっている。吉沢は、また、私を罠にかけようとするだろう。今度は、それにかかったふりをして、逆に私が罠にかけるんだ」

と、十津川はいった。

10

わざと一日おいてから、十津川は、再び吉沢に会いに出かけた。

「やっと、容疑者が、ひとり、浮かんできました」

と、十津川は会うなり、そういって吉沢に、ひとりの男の写真を見せた。

「名前は、古井雅人《ふるいまさと》、二十九歳です。去年の十月に、世田谷《せたがや》で中小企業の社長が惨殺され、二百万の金が奪われる事件がありました。私たちは、犯人として、その会社で働いていた二十一歳の古井純二《じゅんじ》を逮捕しました。殺された社長というのが、暴力団とも親交があるというだけに乱暴な男で、よく社員を殴っていたようなのです。古井純二も、動作が緩慢《かんまん》なほうで、何かというと、社長に殴られていて、その恨みがつもりつもって、凶行に及んだわけです」

「この写真の古井雅人というのは、その男の兄というわけですか?」

「そのとおりです」

「しかし、たとえ、兄だとしても、弟は、殺人を犯したのなら、それで、あなたに逮捕されたとしても、恨むのは筋違いじゃありませんか?」

と、吉沢はいう。

「そうなのですが、古井は、弟が無実だと信じているんですよ。そのうえ、どうやら、私が弟を拷問《ごうもん》して、無理矢理、自白させたと思い込んでいるようなのです」

「それで?」

と、吉沢は先を促した。

「今でも、古井は、ときどき私が無実の弟を無理矢理、刑務所に送り込んだといっては、電話をかけてきて、怒鳴ったりしています。弁護士に頼んで、なんとか、弟を刑務所から出そうとしていたらしいんですが、そんなことができるわけがありません。それで、私に対する怒りが増幅されて、北陸で私を殺そうとしたんじゃないかと、思うのですよ」

「この古井は、ライフルを持っているんですか？」

「ライフル？」

「ライフルで、十津川さんを射ったんでしょう？」

「ああ、そうです。古井は、クレー射撃が好きで、そうした団体に入っています」

「なるほど。それで、彼を逮捕されないんですか？」

「したいのですが、肝心の証拠がありません。状況証拠だけでは、逮捕できないことは、先生もよくご存じのはずです」

「そうでしたね」

「それで、先生に教えていただきたいのですが」

と、十津川はいった。

「何をですか？」

「こういう男は、また私を殺そうとするでしょうか？　それとも、一度、失敗したので、もう諦《あきら》めるでしょうか？」

と、十津川はきいた。

「そうですねえ」

と、吉沢は写真を見つめていたが、

「写真で見ると、エラが張り、意志の強そうな顔をしている。一度の失敗で、諦めるようには思えませんね」

と、吉沢はいった。

「そうでしょうか？」

と、十津川は、わざと首をかしげて見せた。

「ＦＢＩにいたとき、捜査員のひとりが射殺される事件がありました。ベテランの捜査員でしたが、銀行強盗の犯人を射って、殺しましてね。その父親がマフィアの一員で、息子の仇《かたき》というので、この捜査員を執拗《しつよう》に狙ったわけです。二度失敗したのに、諦めずに三度めに射殺したんです」

と、吉沢はいった。

「三度もですか」

「そうです」

「しかし、日本とアメリカでは、人間も風土も違いますから」

と、十津川がいうと、吉沢は、

「どうも、十津川さんは、社会の動きに鈍いようですねえ。僕の見たところ、犯罪は、すでにアメリカに似てきていますよ」

「では、また、私が、この古井に狙われると、先生はお考えですか？」

「可能性は、大いにあると思いますよ」

「どうしたらいいでしょうか？」

「十津川さんは、刑事としての十五年の経験がおありなんでしょう？　それなら、私なんかに聞かれるより、対処の方法は、十分に知っておられるはずですよ」

「ところが、私のほうが狙われるという経験が少ないもので、対処の方法がわからないのです。日本では、刑事が追いかけ廻されるということが、ありませんからね」

「僕には、とにかく用心しなさいとしか、今の段階では申しあげられませんねえ。何かあったら、そのときに、また相談に来てください。アメリカのケースを参考にして、何かお力になれるかもしれません」

と、吉沢はいった。

十津川は、古井雅人の写真を吉沢に預けて、帰ることにした。

それから、二日めの夜、帰宅途中の十津川が、自宅近くで、突然、狙撃された。

自宅の近くに、小さな公園がある。そこを通り抜けるのが、十津川は好きだったから、出勤と帰宅の両方に、彼は、小さいが樹の多い公園を抜けることにしていた。

この夜は、梅雨の晴れ間で、月明かりを楽しみながら、公園の中を歩いていた。

時刻は、午後十時二十分ごろだったと思う。

突然、銃声がし、十津川の近くにあった太い桜の樹の幹の一部がはじけ飛んだ。

とっさに、十津川は、身を伏せた。

伏せたまま、周囲を見廻した。が、樹のかげになっていて、何も見えない。

二発めは、なかなか飛んでこなかった。

十津川は、ゆっくりと、桜の樹の根元に身体を移していった。

ふいに、車のエンジン音が聞こえた。

十津川は、起きあがり、エンジン音が聞こえた方向に走った。

車が一台、走り去っていくのが見えた。車は、黒っぽくしかみえず、ナンバーも確かめられなかった。

十津川は、近くにあった公衆電話ボックスから亀井に掛け、

「狙われたよ」

と、いった。

「大丈夫ですか?」

「大丈夫だ。犯人は車で逃げたが、ナンバーはわからない」

「それで、どうしますか？」

「犯人は、古井雅人だと思う。彼の住所は、渋谷《しぶや》区神泉《しんせん》のマンションだ」

「すぐ、行ってみます」

「そうしてくれ。私もすぐ行く」

と、十津川はいった。

彼は、いったん自宅に帰り、妻の直子に事情を話したあと、直子の愛車、ミニ・クーパーSで、渋谷区神泉に向かった。


亀井と西本が先に来ていて、１ＬＤＫの部屋を調べていた。

「これはというものは、見つかりませんね」

と、亀井が十津川を迎えていった。

「ライフルは？」

「一丁もありません。持ち去ったんでしょう」

「どこへ逃げたのかな？」

十津川は、十畳ほどのリビングルームを見廻した。

「ひとり者だったみたいですから、どこへでも、逃げられます」

と、亀井がいい、若い西本が、

「すぐ、全国に指名手配しましょう」

「少し待て。まだ、射ったのが古井かどうか、わからないんだ」

と、十津川はいった。

「古井に見せかけて、吉沢が警部を射ったということは、ありませんか?」

と、亀井がきいた。

「それは、ありえないよ。吉沢なら、狙うのは二度めだから、絶対に外さなかったろうと、思うからだ。古井は、人間を射つのは、たぶん初めてだろうから、外してしまったのさ」

と、十津川は答えた。

古井が戻るかもしれないというので、部屋の明かりを消して、待っていた。が、古井は、戻ってこなかった。

どこへ逃げたかわからないまま、時間が過ぎて、翌日の夜、捜査本部に電話が入った。

くぐもった男の声で、

「古井は、山梨《やまなし》の石和《いさわ》温泉にもぐり込んでいるよ」

と、いった。

「君が、古井なんじゃないのか？　そうなんだろう？」

と、十津川はきいた。

「だったら、どうなんだ？」

急に、相手は開き直った態度で、聞き返してきた。

「すぐ、自首したまえ」

「そんなことというんなら、あんたが、ひとりでこっちへ来い。自首するかどうかは、それから決めてやるよ。Bホテルだ。ひとりじゃ、怖くて来られないんだろう？　おれの弟を拷問できてもな」

「これから、私が、ひとりでそちらへ行く」

と、十津川はいった。

電話を切ると、亀井たちが一斉に、

「ひとりで行くのは、危険です」

「わかってる。カメさんも一緒に来てくれ」

と、十津川はいい、覆面パトカーで、二人は山梨に向かった。

「ほかの刑事たちを、石和温泉の周辺に配置しなくていいんですか？」

と、亀井が途中できく。

「大丈夫だよ。呼鳥門のときは、不意を打たれたし、相手もわからなかったんだが、今度は、覚悟して行くんだし、相手が誰かもわかっているからね」

と、十津川はいった。

「しかし――」

と、いいかけたが、亀井は、途中でやめてしまった。あまり心配すると、十津川を信頼していないように見えてしまうと、思ったのだろう。

夜中過ぎに、石和に着いた。

石和温泉は、田んぼの真ん中にある温泉で、大きなホテル、旅館が建ち並んでいる。

その中で、Bホテルを探し出し、十津川がロビーに入り、フロントで十津川が名前を告げた。

「十津川さま宛の手紙をお預かりしています」

と、いい、キーボックスから一枚の封書を取り出して、フロント係が十津川に渡した。

ホテルの封筒に、「十津川様」とだけ、表書きされていた。

十津川は、中身を取り出した。


〈昇仙峡《しょうせんきょう》の入口で、待っている。午前二時だ。ひとりで来いよ。勇気があるならな。

古井〉

と、ボールペンで書いてあった。

時間は、まだ十分にあった。

「本当に、ひとりで行かれるんですか？」

と、亀井がきいた。

「これを見ると、古井は、自首したがっているんだよ。行ってやったほうがいいと思っている」

と、十津川はいった。

「私も、昇仙峡に行きますよ。奴は、警部を狙撃したんです。そんな危険な男に、警部を、ひとりだけで、会わせるわけにはいきません」

「それなら、車の中で待っていてくれ」

と、十津川は、いった。

「相手は、銃を持っているかもしれんのですよ」

と、亀井はいった。

「私だって、拳銃を持っているよ」

と、十津川は微笑した。

「好んで危険に身をさらす必要はないと、思いますが」

「だから、カメさんに、こうして一緒に来てもらったんだよ」

「相手が、自首したがっていると、本当に思われるんですか?」

と、亀井がきく。

「やたらに電話してくるのは、そのためだよ。その気がないのなら、黙って逃げてしまうよ」

と、十津川はいった。

「少しばかり、楽観的すぎるんじゃありませんか」

亀井は、心配げにいった。

「カメさんが、心配しすぎるんだよ」

と、十津川は笑った。

「古井が自首したがっているんならいいですが、あくまでも警部を殺したがっているなら、これ以上の危険なことはありませんよ」

と、亀井はなおもいった。

「当たって砕けろというじゃないか。とにかく、昇仙峡に行って、古井に会ってみようじゃないか」

十津川は、そういって歩き出した。

11

深夜の道を、十津川は、亀井の運転する車で昇仙峡に向かった。

時折り、車とすれ違うが、その数は、ほとんどないに等しかった。

どんよりとした天候に変わってきている。

雨が降りそうな気配だった。

十津川は、腕時計に眼をやった。相手はすでに、昇仙峡で待っているだろうか。

昇仙峡入り口の看板が、見えてきた。

看板に取りつけた明かりが、その文字を照らし出している。

だが、午前一時を過ぎた今、その文字を読もうという観光客の姿はない。

近くの土産物店も、もちろん閉まっていた。バス停に、バスもいない。

車から降りると、水音だけが、十津川の耳に聞こえてくる。

道路は、上流に向かって伸びていて、そこから分かれて、遊歩道入り口への細い道が出ていた。

「彼に会いに行ってくる」

と、十津川は亀井にいった。

「私も行きますよ」

亀井が、あわてて車から降りてきた。

「駄目だ。相手は、私だけに会いたいといってきているんだ」

「それはわかっていますが、心配です」

「私だって、めったに殺されるものか」

と、十津川は笑い、遊歩道に向かって、歩き出した。

渓谷《けいこく》の片側に、細い遊歩道が設けられていて、コンクリート造りの柵がある。

渓谷の反対側は、崖《がけ》だった。

十津川は、遊歩道を歩き出した。歩いている途中で、午前二時を過ぎた。が、相手の姿はなかった。

十津川は、構わずに歩きつづけた。

遊歩道のところどころに、俗っぽいぼんぼりがついていて、それに灯がともっているので、歩くうえの不自由はなかった。

十津川は、背広の胸ポケットに、スイッチをオンにしたトランシーバーを入れていた。もう一つのトランシーバーを持っているのは、遊歩道入り口に置いてきた亀井である。

「まだ、何も起きない」

と、十津川は、歩きながら、トランシーバーに向かって、喋りつづけた。

「今、上流の滝まで、半分を越えた。カメさんは、車で滝のところへ先廻りして、そこで待っていてくれ」

対岸に、崖の上に建てられた寺が見えてきた。

昔は、あの寺で、僧侶が修行したらしいが、今は、無人の寺になっていると聞いたことがある。

このあたりまで来ると、昇仙峡遊歩道の上の終点である仙娥《せんが》滝のほうが近くなる。

上流に向かって、ずっと右側にあった遊歩道が左側に移り、細い橋が渓谷をまたいでいる。

その橋の上に、人影があった。

「十津川か?」

と、その人間が大声で呼びかけてきた。

「古井か?」

と、十津川は足を止めて、こちらも大声で聞き返した。

「そうだ。よく来たな。賞《ほ》めてやるぞ」

「すぐ、自首したまえ。悪いようにはしない」

「それが駄目なんだよ。お気の毒だな」

と、橋の上の男が、銃を見せるようにしていった。

十津川は、視線をゆっくりずらしていった。

左岸の橋の袂《たもと》の岩の出っぱりに、黒い、人間の頭のようなものが見えた。

「向こうに隠れている人、やっぱり来てましたねえ!」

と、十津川は大声で呼びかけた。

相手は、岩かげに隠れたまま、

「僕のライフルが、あんたを狙っている。この距離なら、絶対に外さないよ。動いても駄目だ。動いた途端に、僕は引き金を引く」

「FBI仕込みなら、二度と外さないでしょうね」

と、十津川はいった。

それで、やっと、相手は岩かげから顔を出した。ライフルで、十津川を狙ったまま、

「やっぱり、知っていたんだね」

といった。

「最初から、あなたが、私を北陸で射った犯人だと思っていましたよ。ただ、証拠がなかったし、動機も、私には、上司に説明するのが難しかった。従って、私には、あなたをどうすることもできなかった」

「動機？　そんなものは、決まっているじゃないか。僕は、警視庁の招待で、アメリカの凶悪犯罪について講義した。そのとき、あんたも聞いていたんだよ。講義のあとで、僕は感想を求めた。僕の話が、日本の警察のエリートたちに、どんな感銘を与えたか知りたかったからだ。何人もが、僕の話は参考になった、有意義だったといってくれた。だが、あんたは違っていた。正直にいうと、僕は、あんたの感想をいちばん聞きたかったんだよ。刑事部長が、警視庁でもっとも優秀な刑事として、あんたの名前をあげていたからだ。それで、きっと僕に論争を挑んでくるのではないかと考えた。そのときは、受けて立とうと覚悟していた。それも、楽しいと思っていたんだよ。と

ころが、あんたは、僕の講義に対して、感心したともいわず、論争を挑んでくることもしなかった。ただ、黙って、僕を見ていた。いや、ただ、見ていただけじゃない。その眼には、明らかに軽蔑の色が漂っていた。あの眼には、僕は我慢がならなかった。面白くなかったのなら、そういえばいいんだ。それなのに、あんたは、ただ僕を軽蔑した。あれから僕は、あんたのあの眼を、何回、夢に見たかわからない」

「それで、私を殺すことにしたんですか？」

と、十津川はきいた。

「あんたに、別に恨みはない。あの眼を除いてだ。あの眼は、僕の記憶から消してしまわなければならない。そう思った。だが、ただ、あんたを殺しただけでは、軽蔑の表情は消し去れない。僕の知恵で、あんたを引きずり廻し、その揚句に殺してしまわなければならないと思った。しかも、僕自身は、罪に問われることもなくだ。僕は、何食わぬ顔で、あんたの葬式に参列し、お悔やみをのべる。そうなれば、僕はあんたに勝てたことになるからだ」

と、吉沢はいった。

「それで、私を罠にかけることに、全力を傾けたんですか？」

と、十津川はきいた。

「幸い、僕は、警視庁の顧問という形で、出入りができたから、十津川省三《しょうぞう》という人間について、いろいろと調べることができたよ。あんたの上司の三上刑事部長や、本多一課長、あるいは、あんたの同僚たちにも、十津川省三について聞いたよ。誰も、僕が、あんたを殺すために調べているとは思わずに、正直に話してくれた。おかげで、あんたを罠にかける方法がわかってきた」

吉沢は、得意そうにいった。

「そして、白石かおりというホステスを、殺したんですね？」

と、十津川はきいた。

吉沢は、笑って、

「あれは、誰でもよかったんだ。ホステスだろうと、子供だろうと、家庭の主婦だろうと、死にかけの老人だろうとね。問題は、その殺人を、あんたが担当するかどうかだけだった。僕は、毎日のように、警視庁に三上刑事部長や本多一課長を訪ね、あんたが、いつ、新しい事件を担当することになるか、そのタイミングを計っておいて、あのホステスを殺したんだ」

「やはり、殺したのは、あなたですか？」

「これから、あんたを射殺するつもりだから、事実を話しているだけで、僕が殺《や》ったという証拠はないし、残してもいないんだ。ともかく、僕の計画どおり、あんたは、事件の指揮をとることになった。あとは、どこかに誘い出して殺し、犯人の男は、追いつめられて、自殺することにする計画だった」

「竹田は、金で買収したんですか？」

と、十津川はきいた。

「ああ、もちろん。ああいう人間は、金さえ出せば、どんなことでもするんだよ。竹田は、僕の命じるとおりに動き、あんたを北陸に誘い出すエサになってくれたよ」

と、吉沢はいった。

「エサですか？」

「エサとしては、優秀だったよ。ともかく、あんたを、北陸にまで出かけてこさせたんだからね」

「私を射ったライフルは、あれも竹田のものですか？」

と、十津川はきいた。

「もちろん、彼のライフルだよ。それでなければ、彼を犯人にはできないからね」

と、吉沢はいってから、

「あのバカが」

と、呟いた。

「竹田のことですか？」

「そうだ。あいつが、肝心のときに、ぎこちない動きをしたものだから、あんたに気付かれて、僕は射殺しそこねてしまった。あいつが僕の要求どおりに動いていたら、今ごろ、あんたは、あの世に行っていて、僕は、こんな苦労しなくて、すんだんだよ」

と、吉沢はいった。

「その竹田を殺したのも、あなたですね？」

と、十津川はきいた。

「もともと、あの男は、生きている価値がなかったんだよ」

「ひどいいい方だ」

「だが、それが冷厳な事実だよ」

と、吉沢はいった。

「私があなたに会いに行ったとき、どう思ったのか、教えてくれませんか？」

と、十津川は吉沢にいった。

吉沢は、小さく咳払《せきばら》いしてから、

「ああ、僕を疑っているなと思ったよ。あんただって、僕がそう思っていることは、知っていたわけだろう？」

「狸《たぬき》と狐《きつね》の化かし合いだとは、思っていましたよ」

と、十津川はいった。

吉沢が、急にニヤッとして、

「あんたは、時間かせぎをしていれば、亀井刑事がここに駆けつけてくると、思っているんだろうが、それは無理だよ。仙娥滝の上にいた亀井刑事は、今ごろ、まだ意識を失ったままのはずだ」

「殺したのか？」

十津川の声が、思わず険しくなった。

吉沢は、ニヤッとした。

「殺すのは、あんただけで十分だよ。ほかの人間に、僕は何の恨みもないからね」

「ほっとしたよ」

と、十津川は正直にいった。

吉沢は、改めて、ライフルの銃口を十津川に向けた。

「僕の経験によれば、あと七、八分すれば、亀井刑事は意識を取り戻すはずだ。それまでに、すべてを終えていなければならない。あんたはここで死に、僕は姿を消すんだ」

と、吉沢はいった。

「それで、どうなるんですか？」

と、十津川はきいた。

「たぶん僕は、東京であんたが死んだことを知り、哀悼《あいとう》の意を表しに、警視庁に出かけていくことになるだろうね。誰も、僕が犯人などとは考えない。動機がないからだ。あの日の、あんたの一瞬の表情に殺意を覚えたなどとは、誰も思うまいからだ。それを知っているのは、僕とあんただけなんだからね」

「そして、私を殺した犯人は、そこにいる古井雅人ということになるわけですか？」

と、十津川はきいた。

「そういうことだね。このライフルは、彼のものだし、東京で、あんたを狙撃した弾丸と一致するはずだ」

「その男が、よく納得したね？」

「彼とは、よく話し合ったのさ。彼は、あんたを憎んでいる。殺したいと、いっている。僕が殺しても、満足なんだ。そのうえ僕から多額の報酬をもらえれば、十分に満足するということだよ。その金でどこへでも行けるからだよ」

「それなら、なぜ、彼が、自分で射たないんだ？」

と、十津川はきいた。

吉沢は、笑って、

「あんたを殺す快感を、僕が金で彼から買ったということさ。彼に、あんたをここまでおびき出させ、殺させてもいいんだが、それでは、僕の復讐にはならない。僕がこのライフルの引き金をひいて、あんたを殺す。復讐をなしとげたという快感が、僕を、押し包む。それが欲しくて、まだるっこいのを我慢しながら、あんたをここまで連れ出したんだからな」

「あなたの気持ちは、わからなくはないが、上手《うま》くいかないと、思いますよ」

と、十津川は冷静な口調でいった。

「上手くいかない？」

「そうです」

「何をいってるんだ？　この引き金をひけば、確実にあんたは死ぬんだ」

「しかし、そこにいる古井雅人の犯行にはできませんよ」

と、十津川はいった。

「できない?」

「そうです。私は、あなたに、古井兄弟の話を持っていった。刑務所に入っている弟のこと。そして、弟のことで私を恨んでいる兄の古井雅人のことです」

「僕は、兄弟のことを調べたさ」

「そうでしょうね。あなたが調べることは、わかっていましたよ。だから、あの話は本当のことです。兄の古井雅人が私を恨んで、しばしば脅迫の電話や手紙をよこしていたことも事実です。しかしね、そこにいるのは、本物の古井雅人じゃありません。年齢も、顔立ちも、背恰好もよく似ているが、警官です」

と、十津川はいった。

「助かりたくて、そんな嘘をつくのはみっともないぞ、十津川さん。僕が、その男について、詳しく調べなかったとでも思っているのかね? 彼は、運転免許証とパスポートを持っている。間違いなく、古井雅人だ。警官なんかじゃない!」

と、吉沢は怒鳴った。自分の胸に芽生えそうになる不安を、大声で打ち消そうとするようにである。

十津川の顔に、微笑が浮かんだ。

「やはり、調べたんですね。簡単には、信じないと思っていましたよ。しかしねえ、吉沢さん。あなたが相手にしたのは、十津川省三という四十歳の個人じゃないんですよ。私の背後には、警視庁という巨大な組織があるんです。それを忘れておられたんじゃありませんか？　あなたのお好きなＦＢＩには、及ばないかもしれませんが、偽造の運転免許証やパスポートを作るぐらい、簡単なんですよ。本物そっくりにね」

「――――」

吉沢は、黙ってしまった。

十津川は、言葉を続けて、

「私はね、あなたが、こちらの仕掛ける罠にはまるかどうか、自信はありませんでした。あなたは、頭がいいし、一筋縄ではいかないからですよ。ただ、私は、あなたが、どれほど私を憎んでいるかに賭けたんです。その憎しみが強烈なら、あなたは、私の話を罠かもしれないと疑いながらも、賭けてくるだろうと。やはり、あなたは、強烈に私を憎んでいたんですね」

「しかし、僕は、あんたの話が、罠かもしれないと考えていたよ。だから、調べたんだ。簡単に引っかかりはしない」

と、吉沢はいった。

「そうでしょう。だから、私のほうも、全力で、本物の古井雅人らしく作ったんですよ。あなたは、たぶん私を毎日、監視していた。そうするだろうと、思っていました。そこで古井雅人が私を狙撃すれば、あなたは、どう出るだろうかと考えました。たぶん古井をあなたは匿《かくま》って、彼を使って、私をどこかにおびき出すだろうとですよ。そこで試してみました。やはり、推測したとおり、あの夜、あなたは、狙撃に失敗した彼を車で連れ去り、そのあと、彼に私への電話をかけさせた。私は、彼の連絡で、あなたがこちらの罠にかかったことを知ったんです」

「嘘だ！　彼は、ずっと僕の監視下にいた。あんたに、連絡できるはずなんかないんだ！」

と、吉沢は叫ぶようにいった。

十津川は、また、微笑して、

「あなたほど頭のいい人が、そんなことをいっては、困りますね。あらかじめ、決めておけば、どうにでもなるでしょう？　あなたは、彼に電話をかけさせ、私をここにおびき寄せた。その電話のとき、いつも早口で喋る人間がゆっくり喋ったときは、あなたがこちらの罠にかかったことだと、決めておけばいいんです。もちろん、こんな簡単なことは、あなただって、よくわかっていらっしゃるはずですよ」

と、いった。

「嘘だ！　あんたは、助かりたい一心で、そんな嘘をついているんだ。だが、銃は、嘘はつかん！」

と、吉沢は叫び、引き金をひいた。

鋭い銃声が、渓谷にひびきわたった。

だが、十津川の身体は、びくともしなかった。

吉沢は、いらだって、引き金をひきつづけた。二回、三回と銃声がこだました。が、結果は、同じだった。

「空包ですよ」

と、十津川はいった。

吉沢は、呆然《ぼうぜん》としている。

十津川は、そんな吉沢を見やって、

「おくれましたが、そこの男を紹介しましょう。本名は、酒井《さか》淳一郎《いじゅんいちろう》。警察学校の教官で、銃の専門家です。ですから、あなたに気付かれずに、実弾と空包をすりかえておくことなど、朝飯前だったと思いますよ」

と、いい、ゆっくりと歩き出した。

橋を渡る。

途中で、酒井に、

「ご苦労さん」

と、声をかけた。

吉沢は、その場にうずくまったまま、もう逃げる気配を見せなかった。

上流、仙娥滝のほうから、亀井刑事が小走りにやってきた。

十津川を見るなり、ほっとした顔で、

「ご無事でしたか」

と、声をかけた。

「ああ。大丈夫だ」

「いきなり、背後から殴られましてね。ひどい目にあいました」

と、亀井は、そっと後頭部をなでてから、うずくまって動かない吉沢を見下して、

「やはり、彼が犯人でしたか？」

「ああ。彼が、私を呼鳥門で狙撃し、竹田を殺した犯人だ。彼の言葉は、すべて録音したよ」

と、十津川は少しばかり疲れた声でいった。

12

東京に帰った翌日、亀井が改まった口調で、

「警部。今夜は、おごってもらいますよ。なにしろ、何も知らされずに動いたんですから」

と、十津川にいった。

「本当に申しわけない。なにしろ、吉沢が、うちに出入り自由のうえ、三上刑事部長や本多一課長とも、いつも話し合っているんでね。味方のカメさんまで、欺《だま》さざるをえなかったんだ」

と、十津川はいった。

「私は、ずっと、酒井を、古井雅人だと思い込んでいましたよ」

「だから、吉沢も、うまく引っかかってくれたんだ。さて、久しぶりにカメさんと飲むか」

と、十津川はいった。

十津川警部　みちのくで苦悩する

1

三月七日、十津川に、電話が入った。

相手は、山形県警の木村《きむら》という捜査一課長からだった。

「うちの三浦《みうら》をご存知ですね？」

と、いきなり、きかれた。

「ええ。二年前、合同捜査で、お会いしていますが、それが、何か？」

十津川は、きいた。

二年前の秋だったと覚えている。東京で殺人を犯した男が、郷里の山形に逃げ、こ
こでも、人を一人殺したため、警視庁と、向こうの県警との合同捜査になった。向こ

うで、その捜査の実質的な責任者になったのが、四十五歳の三浦警部だった。

その時、十津川は、二回、三浦と会っている。その印象は、やや狷介《けんかい》な人物だ、という感じだった。自説を主張するのは、刑事として、必要な要素でもあるが、一歩誤まると、孤立し、捜査のさまたげになることがある。そんな心配をさせる男でもあった。

二年前の事件の時も、そんな三浦の性格のせいで、合同捜査が、ぎくしゃくしてしまった時がある。従って、あまり良い印象は持っていないのだ。

「昨夜、三浦警部に、電話されましたか？」

と、木村が、きいた。

「昨夜ですか？」

「そうです。昨夜の午後八時半頃ですが、三浦警部に電話されて、ＪＲ山形駅に迎えに来てくれないかといいませんでしたか？」

「そんな電話はしていませんが」

「彼の自宅は、ご存知ですか？」

「あの事件のあと、年賀状を頂きましたから、知っていますが、昨日、電話はしておりません」

「やっぱりね。どうも、ありがとうございました」

と、木村は、いった。

十津川は、気になって、

「私の電話が、どうかしたんですか？」

と、きいたが、相手は、

「いや。いいんです。十津川さんが、電話してないことがわかれば、それで、結構です」

と、いい、電話を切ってしまった。

十津川は、わけがわからず、憮然《ぶぜん》としていると、亀井刑事が、心配して、

「どうされたんですか？」

「今、妙な電話があってね」

と、十津川は、山形県警からの問い合わせについて、話した。

「三浦警部なら、私も、知っています。頭は、切れる方だとは思いましたが、敵を沢《たく》山《さん》作りそうな方でもあると、思いましたが」

と、亀井は、いう。

「私の声は、あまり、特徴がないかね？」

十津川が、きく。

「そうですね。聞いたとたんに、警部とわかる声ではありませんね。私なんかは、毎日、接していますから、すぐ、わかりますが」

「すると、誰か、私の名前を使って、三浦さんを呼び出したということなのかな？」

「それとも、三浦警部が、都合の悪いことに、警部の名前を使ったか」

「都合の悪いこと？」

「ええ。三浦警部だって、浮気ぐらいしたい時があるでしょう。たいてい、そんな時は、奥さんへのアリバイに、友人の名前を使うものです」

「それに、私の名前を使った？」

「ええ。身近な人間の名前を使うより、遠い人を使った方が、バレることは少ないと考えたんじゃありませんか？　奥さんだって、警視庁の警部に電話して、確かめるのには、遠慮があるでしょうから」

と、亀井は、いった。

「そんなことに、私の名前が、使われたのならいいんだが、電話して来たのが、山形県警の捜査一課長だったからね」

十津川は、心配げに、いった。

彼は、三浦という男に、悪感情は持っていなかった。確かに、ひとりよがりなところがあって、亀井のいうように、敵を作り易い性格ということも出来る。近代捜査には、向いていないといえるだろう。だから、逆に、十津川は、好意が持てるということもあった。

（何か妙なことになっていなければいいが――）

と、十津川は、思った。

2

それが、妙なことになっていた。

山形県警の三浦警部は、事情聴取を受けていたのである。

それも、殺人容疑だった。

殺されたのは、山形市内のクラブ「ミラージュ」の二十五歳のホステスである。

名前は、広田《ひろた》ゆみである。前から、三浦とは、顔なじみだった。

三月六日の夜十一時頃、国道１１２号線の脇にとまっている車の中で、首を絞《し》められて死んでいる広田ゆみが、発見された。

車は、白のブルーバードで、プレートナンバーから、三浦のものとわかり、県警は、内密に、彼の行方《ゆくえ》を探した。

夜半を過ぎて、霞城《かじょう》公園の濠端《ほりばた》を、ふらふら歩いている三浦が見つかった。

直《ただ》ちに、この日の行動について、事情聴取が始まった。

三浦の話は、こうだった。

二日前から、妻の冴子《さえこ》は、姉の看病に、実家に帰っていて、家には、三浦ひとりだった。

六日の夜、八時半頃、電話があった。十津川ですといわれたが、最初は、わからなかった。警視庁のといわれて、二年前の事件で、合同捜査をやったことを思い出した。

十津川は、二一時二〇分山形着の山形新幹線に乗っているといい、ぜひ、あなたに相談したいことがあるというので、車で迎えに行くことにした。

車で、国道112号線を走っていると、若い女が、手を振っているのにぶつかった。ケガをしているようなので、車を止めて、聞くと、車にはねられたといい、近くの病院に運んでくれという。

「まだ時間があるので、とにかく、リアシートに乗せた。ところが、走り出そうとした時、いきなり、背後から、布を顔に当てられた。強烈なクロロホルムの匂いがして、気を失ってしまった。そのあとのことは、覚えていない。気がついたら、霞城公園の濠端に寝ていたんだ」

と、三浦は、いった。

彼が、ふらふら歩いているところを逮捕した二人の刑事は、クロロホルムの匂いより、強いアルコールの匂いがしたと証言した。

正確には、山形の「日本晴」という焼酎《しょうちゅう》の匂いだった。アルコール度の強い焼酎で、三浦の好きな銘柄だった。彼の車の運転席にも、ほとんど空になった「日本晴」のびんがあった。

上司の木村一課長は、とにかく、警視庁の十津川警部に電話をかけ、三月六日の夜、三浦に電話したかどうか、確かめてみた。その結果、電話していないことがわかり、三浦の立場は、急速に悪くなっていった。

もちろん、殺された広田ゆみについても、調べた。

三浦が、彼女に惚《ほ》れていて、通っていたことも、わかった。

「でも、彼女の方は、三浦さんが、強引なので、怖がっていましたよ。といって、県警の刑事さんだから、冷たくも出来ないと、弱っていたんですよ」

と、クラブのママは、いった。

三浦は、彼女との関係は、否定しなかった。肉体関係があったことも、認めた。

「しかし、三月六日の夜は、会っていない。まして、殺しなんかしない」

と、三浦は主張した。

だが、県警の上層部は、そうは見なかった。

妻が実家に帰っていて、一時やもめだった三浦は、その夜、カゼ気味で、店を休んでいた広田ゆみを、強引に、車で連れ出した。

その車の中で、三浦は、焼酎を飲み、強引に抱こうとしたが、拒否された。彼は、かっとして、彼女の首を絞めて、殺してしまった。われに返った三浦は、大変なことをしてしまったと、呆然《ぼうぜん》とし、あてもなく霞城公園の濠端を歩いているところを、捕まった。そう考えたのだ。

こんな時、三浦の日頃の態度や、性格が、どうしても、マイナスに作用してしまう。

三浦を擁護する人間もいたが、県警内では、少数派だった。

大部分の人間が、三浦が、かっとして、広田ゆみを殺したに違いないと、考えたのである。

県警内部でさえ、そう考える人間が、多かった。

（三浦なら、やりかねない）

と、思ったのだ。

捜査では、一匹狼《いっぴきおおかみ》で、妥協性がない。酒好きで、虫の居所が悪いと、乱暴になる。そんな感じを、三浦に対して、持っていたのである。

もちろん、刑事として、優秀だと認める人間もいた。県警本部長から、何回か賞状を与えられていることが、それを示していた。

だが、人が人を判断するときは、そうした理屈よりも、感情でするものである。優秀な刑事という印象より、乱暴な男という感じが、先に来てしまうのである。

地元のマスコミも、この事件に対して、手厳しく対応してきた。

二カ月前に、現職の警官が、チカンを働いて逮捕されたことも、手伝っていた。

まずかったのは、最初、県警が、この殺人事件の発表を遅らせ、更に、明らかになってからも、警察官の関与はないと、発表したことだった。

県警としては、三浦をかばう気持ちより、警察全体の面子《メンツ》を考えてのことだったと思われる。だが、そのしっぺ返しは、激しかった。

テレビも新聞各紙も、一斉に、「県警の身内隠し」を攻撃し、記者たちは、三浦を追いかけ廻した。

記者の中には、三浦が、二十五歳の若い時、酔って、ホステスを殴ったことまで調べあげて、三浦を攻撃したものもいた。

県警としても、これ以上、三浦をかばえず、ホステス殺しの容疑で逮捕し、取り調べを始めることになった。

3

そのことが、警視庁に知らされた。

十津川は、それを聞いて、上司に、

「山形へ行って来たいと思います」

と、いった。

「行って、どうするんだ？」

本多《ほんだ》捜査一課長が、きく。

「今回の事件に、私の名前が、使われました。その点で、私にも、責任があると思うのです」

十津川がいうと、本多は、苦笑して、

「それは県警の三浦警部が、アリバイ作りに、君の名前を、使っただけかも知れんだろう？　それなら、君が行くことで、余計、事件を混乱させてしまうんじゃないか。君は、電話はしていないし、山形にも行っていないと証言したんだろう？　それで、済《す》んだんじゃないのかね？」

「それは、三浦警部が、嘘《うそ》をついているという前提に立っています」

と、十津川は、いった。

「君は、彼の証言を、事実だと思っているのかね？」

「わかりませんが、もし、事実なら、真犯人は、私の名前を使って、三浦警部を呼び出したわけです。なぜ、私の名前を使ったのか、それを知りたいわけです」

「私は、向こうの捜査一課長とも電話で話したんだが、どうも、三浦警部を、クロと思っているようだがね」

と、本多は、いった。

「それは、向こうの課長の独断でしょう。個人的な考えだと思います。証拠があって、いっているのではないと思います」

十津川は、粘《ねば》っこく、いった。

本多は、小さく、肩をすくめて、

「どうやら、私が止めても、君は、山形へ行くつもりのようだな？」

「私の責任ですから」

と、十津川は、いった。

「仕方がない。行って来たまえ。ただし、変に、向こうの事件に巻き込まれるのだけは、避けたまえ」

本多は、釘を刺すようにいった。

十津川は、その日の中《うち》に、東京駅から、山形新幹線に乗った。

一五時一二分東京発の、つばさ185号である。山形に着くのは、一八時一〇分だった。

座席に腰を下すと、十津川は、考えにふけった。

山形県警の三浦警部が、実際に、ホステスを殺しても、罠《わな》にはまって、ホステス殺しの犯人にされても、それは、あくまでも、県警か、三浦個人の問題であって、十津川には、何の関係もない。

だが、自分の名前が使われたとなると、嫌でも、十津川の問題になってくるのだ。

特に、三浦が、罠にかけられたとすると、尚更《なおさら》である。

殺人に、彼の名前が利用されたことになるからだ。

（三浦が、罠にはめられた——）

として、十津川は、考えてみた。

犯人は、当然、三浦と、殺された広田ゆみというホステスとの関係を、知っていたことになる。

そして、三浦と、十津川が、知り合いだということも、知っていたのだ。

さもなければ、十津川の名前を使って、夜、三浦に電話をかけ、誘い出すことは、出来ないからだ。

二年前の殺人事件は、新聞にものったから、警視庁と、山形県警が、合同捜査をしたということは、多くの人間が知っている筈《はず》である。

だが、警視庁の事件担当が、十津川で、山形県警が、三浦だということは、普通の人間には、わからないと思う。日本の警察は、グループとして行動するからだ。

それなのに、犯人は、知っていて、十津川の名前を出せば、三浦が、車で、山形駅に迎えに行くと、計算したのだ。

十津川は、持って来た山形県の地図を広げてみた。

事件の詳しいことを、県警から、ＦＡＸで送って貰《もら》っていて、それを読みながら、地図を見た。

ＦＡＸによれば、国道１１２号線の路上に、三浦の車がとまっていて、車内で、ホステスの広田ゆみが殺されていたとある。

山形市の市外にある三浦の家から、山形駅に行くには、この国道112号線を北上することになる。

そして、霞城公園の濠端を、ぼんやり歩いている三浦が発見され、逮捕されたとなっている。

霞城公園は、最上《もがみ》藩五十七万石の城主、最上義光《よしあき》が築いた霞城の跡が、公園になっている場所で、濠と石垣が残っている。山形駅から歩いて、十五、六分の距離にある。

三浦は、取り調べに対して、こう答えている。

「二一時二〇分着の十津川警部を迎えるため、山形駅に向かっていたところ、路上に、若い女性が、ケガをして助けを求めていた。車を止めて、話を聞くと、車にはねられたというので、とにかく、自分の車に乗せ、近くの病院に運ぼうとしたところ、いきなり、彼女が、クロロホルムを浸《し》み込ませた布で、私の鼻をふさいだ。そのため、気を失い、気がつくと、霞城公園の濠端に、寝かされていた。なぜか、深酔いしていたわけがわからず、立ち上がって、歩き出した時、逮捕された」

もちろん、彼が、犯人と考える人たちは、この証言を、でたらめと決めつけるだろう。

だが、事実だったら、どうなるのか？

少なくとも、三浦を欺《だま》した犯人がいて、若い女がいたことになる。

その女が犯人なのか、或《あ》るいは、共犯がいるのかは、わからないが、その女は、三浦のことを、よく知っているし、或いは、十津川のことも、知っているのかもしれないのだ。

しかし、ここで、推理は、止まってしまった。その女の顔を、三浦は、はっきり説明していないからである。十津川の知っている女かどうかわからない。

推理が、止まってしまうのは、仕方がなかった。

十津川は、そのあと、少し眠った。眼をさますと、窓の外の闇《やみ》に、白いものが、舞っていた。粉雪が降っているのだ。

眼をこらすと、一面の雪景色である。東京は、春だったが、東北には、まだ、冬が、居残っていたのだ。

定刻の一八時一〇分に、山形駅に着いた。

列車から降りると、たちまち、冷気が、十津川を包んだ。

改札を出る。雪は止《や》んでいたが、町のところどころに、雪の山が出来ていた。

十津川は、タクシーを拾い、県警本部に、直行した。

まず、県警本部長に会い、それから、木村一課長に会った。

二人とも、十津川の来訪が、迷惑そうだった。三浦を、犯人と断定したのは、県警にとっては、苦渋の決断だったに違いない。苦しんで決断したのに、警視庁の人間がやって来て、掻《か》き廻されるのは困るという気持ちなのだろう。

十津川にも、それは、よくわかった。

だが、十津川にしてみれば、自分の名前が使われた以上、黙ってはいられなかったし、県警本部長と、木村一課長も、十津川に帰れとはいえないのだろう。

「三浦さんに、会わせてくれませんか」

と、十津川は、木村に、いった。

「なぜですか？」

「私の名前で、電話がかかったのは、本当かどうか、聞きたいのです」

「それは、彼の嘘とわかったんですよ」

「かも知れませんが、私は、三浦さんから、直接、聞きたいのです」

と、十津川は、いった。

木村は、仕方がないという顔で、

「どうぞ。取調室で、会って下さい」

と、いった。

十津川が、そこに入って行くと、三浦は、疲れ切った顔をあげて、彼を見た。

(二年前に会ったときは、もっと、自信に満ちた、不遜《ふそん》な表情だったのに)

と、十津川は、思った。今回の事件が、彼に与えた打撃の大きさを感じた。それは、上司や、周囲の人間が、自分を守ってくれなかったことへの衝撃に違いない。

「二年ぶりですね」

と、十津川は、声をかけた。

三浦は、暗い眼で、

「なぜ、来たんです?」

と、きいた。十津川も、信用していないという顔だった。

「私にも、責任がありますからね」

「しかし、十津川さんは、私に、電話はしなかったんでしょう?」

「していません」

「それで、私は、嘘をついていると思われている」

三浦は、それが、十津川の責任みたいな、いい方をした。こんなところが、人に嫌われるのだろう。

「三浦さんは、私から電話を受けて、山形駅に迎えに行かれたんでしょう？」

「だが、上司は、信用してくれていない。私が、嘘のアリバイをいっていると思われている」

「あなたは、罠にはめられたんですよ」

と、十津川は、いった。

「私も、そう主張したが、全く、信用して貰《もら》えなかった。私は、絶望しているんだ。私が身を置いているこの組織にね」

「それだけ、真犯人は、うまく、あなたを罠にかけたということですよ」

「十津川さんは、私の言葉を、信じるんですか？」

「信じますよ」

「なぜ？」

「あなたが犯人なら、二年前に一度、一緒に仕事しただけの私を、アリバイに使ったりしないでしょう。もっと、身近な人間に、証人になって貰う筈です」

「それを、信じて貰えないんだ」

三浦は、憮然とした顔で、いう。

（それだけ、周囲の人間たちから、日頃、敬遠されていたということなのだ）

と、十津川は、思ったが、もちろん、そんなことは、口に出せず、

「逆にいえば、三浦さんの言葉に、嘘はないということだと、私は、思いますよ。もし、私が東京で殺人を犯し、アリバイを作ろうと思ったとき、三浦さんを使おうとは考えませんから」

「十津川さんに、そういって貰っても、今の私には、どうすることも出来ないんだ。自分で、真犯人を探してやりたいが、身柄を拘束されていて、身動きがとれん」

三浦は、元気のない声で、いった。

「信頼できる部下の刑事はいませんか？」

十津川がきくと、三浦は、考え込んでしまった。

「私は、一匹狼で、若い刑事の仕事が、まだるっこしくて、見ておられん。だから、いつも、叱《しか》り飛ばしていた」

「しかし、そんな三浦さんを尊敬していた刑事もいる筈ですよ」

「そんな奴がいたかな――？」

また、三浦は、考え込んでしまったが、

「吉田《よしだ》という刑事は、見所があると思って、可愛がってきたつもりだが、私の性分として、頭をなでるようなことが出来ないんだ。だから、逆に、叱り飛ばしたり、他の

刑事より、がなって、辛《つら》く当たって来た。私の本当の気持ちを、果たして、わかってくれているかどうか。今の若い奴は、有望だと思うから、逆に、怒鳴《どな》りつけるという私の気持ちが、わかってくれるか、私にも、自信はない。ひょっとすると、私を恨んでいるかも知れん」

「会ってみますよ」

と、十津川は、いった。

「もし、吉田が、私を尊敬してくれているとしても、彼一人では、どうにもならんですよ。何しろ、木村課長も、本部長も、私を、信用してくれていないんだから」

「その考えを、変えさせればいいでしょう」

「どうやって？」

「この事件の真犯人を、見つければいいんです」

「私はね、今まで、いくつもの事件を担当してきた。信条として、犯人には、容赦しないという考えで、捜査に当たってきた。罪を憎んで、人を憎まずなんて器用なマネは、私には出来ないから、犯人も、憎んできた。だから、沢山の人間に、憎まれてきたと、思う。別に、そのことで、後悔したこともない。ただ、こういうことになると、誰が、私を罠にかけたか、相手が多過ぎて、特定が出来ない」

「その点も、吉田刑事に、話してみますよ」

と、十津川は、いった。

4

十津川は、このあと、吉田刑事に会った。

二十八歳の若い刑事だった。眉が太く、気の強そうな感じがする。

十津川は、彼を、今夜、泊まることにした市内のホテルに、連れて行った。

ロビーの中のティ・ルームで、話をすることにした。

「三浦さんが、部下の中で、一番、信頼できるのは、君だといっていた」

十津川が、いうと、吉田は、苦笑して、

「それは、多分、私が自分と、性格が似ていると、思っているんですよ」

「君も、そう思っているのかね？」

「似ているところもあるが、違うところもある。私は、そう思っていますよ。それに、私は、三浦警部を、嫌いでもないが、好きでもありません」

「それで、十分だよ」

と、十津川は、いった。

「十分というのは、どういうことですか？」

「偏見を持っていなければ、いいということだ。良い方の偏見でも、捜査には邪魔だ。三浦さんに、やたらに同情したり、無実だと頭から決め込んでいたりされると、かえって、やりにくい。その点、君は、冷静だから、助かるよ」

「冷静といわれたのは、初めてですよ。いつもは、冷たいといわれます。その点、三浦警部に似ているのかも知れません」

「それだけ、自覚していればいい」

「十津川さんは、三浦警部が、無実だと思われるんですか？」

今度は、吉田が、きいた。

「いや、そうは思っていない」

「違うなら、なぜ、助けに来たんですか？」

吉田は、非難するように、十津川を見た。

「妙なことで、私の名前が使われたから、その理由を知りたいから、ここへ来たし、今度の事件を、私なりに解明したい。そのため、まず、三浦さんが、シロだとして、調べてみる。調べた結果が、おかしければ、三浦さんは犯人なのだ。そう考えているだけだよ」

　十津川は、冷静な口調で、いった。

「それで、何から調べるつもりですか？」

　吉田は、コーヒーカップを、両手で囲うようにして、十津川にきいた。

「聞き込みは、やったんだろう？」

「殺人事件ですから、もちろん、やりました」

「それで？」

「この際ですから一言いわせて下さい。本部長だって、一課長だって、最初から、三浦警部を容疑者扱いしたわけじゃありません。山形県警の名前がかかっているから、絶対にシロだとして、捜査を進めたんです」

「わかるよ」

「だが、そのシロの証明が出来ないんですよ。三浦警部は、若い美人の女に会って、欺されたという。しかしその顔が、はっきりしないんです」

「なぜだろう？」

「深夜、公園の濠端を、ぼんやり歩いているところを発見されたんですが、その時、自分の名前も、はっきりいえないほど、泥酔《でいすい》していたのです。だから、若い女の記憶も、当然、ぼんやりしてしまっている」

「しかし、それは、クロロホルムを、嗅《か》がされて、正体が無くなっている時、無理矢理、焼酎を、口から、注ぎ込まれたんだろう」

「それを証明できません。クロロホルムの匂いは、消えてしまっていたし、焼酎の匂いが、ぷんぷんとしていましたから。それに、三浦さんの車の中には、広田ゆみの死体と一緒に、焼酎の空のびんが、転がっていたんです」

「そのびんの指紋は？」

「三浦さんのものだけです。それだって、犯人が、正体のない三浦さんの手を取って、びんに、押しつけたとも考えられるんですが、証拠はありません。死体と一緒に、空びんが転がっていたという事実が、あるだけです」

「誰もが、悪い方に考えるか？」

十津川が、呟《つぶや》いた。

「そう考えざるを得ないんですよ。三浦さんの日頃の行動を考えると」

「日頃の行動って、何んだ？」

「周囲の人間と、協調しようとしないし、独断的だし、女性に対して優しくない。そういうことです」

と、吉田は、いった。

十津川は、憮然とした顔になって、

「人間って、そんなものかね？」

「そんなものです」

吉田は、悟ったような顔をした。

殺されたホステス、広田ゆみと、三浦の関係を聞こうとして、彼女の仲間のホステスや、クラブのママに会った。その時の、彼女たちの証言だというのだ。

三浦の日頃の態度が、彼女たちに対して、傲慢《ごうまん》だったために、彼にとって、有利な証言が、全く得られないというのである。

「マスコミも同じなんです。三浦さんは、新聞記者たちに対して、無愛想だったし、仕事さえ、きちんとしていれば、記者たちのご機嫌を取る必要はないというのが、三浦さんの信条だったんです。何もないときは、それでいいんですが、こんなことになると、新聞、テレビも、容赦なく、三浦さんを叩《たた》きますからね」

と、吉田は、いった。

少しでも、三浦をかばおうとすると、すぐ、「警察は、身内の悪に眼をつぶるのか」と、批判されるのだと、吉田は、なげいた。

5

「そんな声には、この際、耳をふさぐことにする」

と、十津川は、吉田に向かって、宣言した。

「しかし、証拠もなしに、三浦さんをシロとすると、今、いったように、身内の悪を隠すのかと、マスコミに、非難されますよ」

吉田は、眉《まゆ》をひそめた。よほど、県警は、マスコミに叩かれたのだろう。

十津川は、首を横にふった。

「だから、いったじゃないか。まず、三浦警部がシロだとして、この殺人事件を捜査してみるんだ。この作業に、肯《うなず》くところが出て来たら、われわれの見方は、正しいんだ」

「その逆だったら、どうなるんですか？」

「三浦警部は、犯人だということだよ」

と、十津川は、いった。

「それで、何から始めたらいいんですか？」

吉田が、きく。元気がないのは、同じ作業をやって、うまくいかなかったからだろう。

「私はね、電話から問題にしてみたいと思っている。三浦さんにかかってきた私の電話のことだ」

と、十津川は、いった。

「しかし、その電話は、なかったわけですよ。十津川さんは、かけていないんでしょう?」

「そうだよ。私は、三月六日の夜、三浦さんに電話はしていない」

「それで、終わりじゃないですか」

「しかし、われわれは、三浦さんが、シロだという立場で、推理を進めていくんだ。つまり、三月六日の夜、電話があったという立場だよ。三浦さんは、私から電話があったので、私を迎えに、車で、出かけたんだ」

「それは、わかりますが、たとえ、その電話があったとしても、誰が、かけてきたかわからないんですよ。公判になったら、三浦さんが、嘘をついている、電話なんかなかったんだと、決めつけられてしまいますよ。十津川さんの声を間違えたというのも、信じられないでしょうから」

と、吉田は、あくまで弱気だった。

「二年前に、一、二度会って話しただけなんだよ。電話があって、相手が、十津川だといえば、私だと思い込んだとしても、おかしくはないよ」

と、十津川は、いった。

「十津川さんは、罠だったというんですか？」

「三浦さんが、シロなら、その電話は、罠としか考えられないじゃないか」

十津川は、強い調子で、いった。

「しかし、犯人は、なぜ、十津川さんの名前を使ったんですか？　二年前に、一、二度しか会っていない人間の名前をです。他にもっと、三浦さんを信用させる人間が、何人もいる筈なのに」

「例えば、誰の名前だ？」

「同じ捜査一課で、数少ない三浦さんと仲のいい、青木《あおき》警部の名前です」

「しかし、そんな親しい人間の声を、まねするのは、難しいだろう？」

「ところが、それが、易しいんです。低い声で、怒鳴るように喋《しゃべ》れば、青木警部の声になってしまうんですよ。私だって、簡単に、青木警部のモノマネが、出来ます」

と、吉田は、いった。

「だが、犯人は、私の名前を使ったんだ。何か理由が、あった筈だよ」

十津川は、いい、手帳を取り出し、そこに、理由と思われるものを、書き出して、いった。

①親しい人間の名前を使うと、三浦警部が断りやすい。その点、二年前の事件で会っただけの、警視庁の人間の名前を出せば、断りにくい。
②声から、ニセモノと、悟られる危険が、少ない。二年前に、会っただけだから、名前は覚えていても、声まで覚えている確率は、低い。

「他にあるかな？」

ペンを置いて、十津川は、吉田を見た。

「こんなところだと、私も思いますが、これでは、三浦さんにとって、少しも有利じゃありませんよ」

と、吉田は、いった。

「わかっている」

十津川は、肯いて、じっと、自分の書いた文字を、見つめていたが、急に、眼を輝

やかせて、

「他にも、あったよ。考えられる理由が」

「どんな理由ですか？」

「犯人が、私のことを、知っているということだ。だから、私の名前を、使ったんだよ」

「それは、どういうことですか？」

吉田が、首をかしげて、きく。

「犯人は、三浦さんのことも、私のことも、知っているんだよ」

「顔が広いということですか？」

と、吉田は、とんちんかんなことをいう。十津川は、苦笑して、

「犯人は、電話で、三浦さんを罠にかけたように、私も罠にかけたということだよ」

「十津川さんも罠にかけたんですか？」

「そうだよ。三浦さんは、おかげで、ホステス殺しの容疑者にされた。私は、そのきっかけを作ったことになった。つまり、二人に同時に、罠をかけたんだよ」

と、十津川は、いった。

「しかし、十津川さんは、別に、容疑者になっていませんよ」

「心の問題だよ。自分の名前が使われたことで、嫌な気分になる。そして、なぜ、自分の名前が、三浦さんを罠にかけるのに利用されたのかと悩む。それが、私にとっては、苦痛なんだよ。だから、犯人は、二人を同時に、痛めつけたんだ」

「誰が、そんな面倒くさいことをしたんでしょうか？」

「二人を、同時に恨んでいる人間だよ」

と、十津川は、いった。

「しかし、三浦さんと、十津川さんは、二年前の事件で、初めて、会われたんでしょう？　そして、その後は会っていない」

「そうだよ」

「それでは、共通の敵みたいな人間は、いないと思うんですが」

「いや、いる」

「誰ですか？」

「二年前の事件で、逮捕した犯人さ」

と、十津川は、いった。

「しかし、そいつは、今、刑務所でしょう？」

「いや、違う」

「釈放されたんですか？」

「確か二カ月前、宮城刑務所内で、死亡した筈だ」

と、十津川は、いった。

「どうします？」

「私の部屋へ行こう。小さな黒板が、欲しいな」

「このホテルで、借りますよ」

と、吉田は、いった。フロントに話し、小型の黒板と、チョークを借りて、十津川が泊まることになっている七階の部屋に入った。

十津川は、机の上に、黒板を立てかけた。

チョークをつまみ、まず、「黒川信介《くろかわしんすけ》」と、書いた。

「五十四歳のこの男が、二年前の事件の犯人だ。君は、覚えているか？」

「あの事件では、三浦警部の下で働きましたから、よく覚えています」

「黒川は、東京で、一人の男を殺し、この山形で、二人目を殺したんだ」

十津川は、黒板に、更に、二人の名前を、書き込んだ。

川田裕之《かわだひろゆき》（二十三歳）
井上《いのうえ》　操《みさお》（二十三歳）

「東京で殺されたのが、川田で、山形で殺されたのは、井上だった」

と、十津川は、いった。

事件は、簡単で、同時に、悲惨なものだった。

黒川信介は、上野で、バイクの販売店を経営していた。従業員七人の小さな店だが、商売は、順調だった。

妻は、三年前に死亡。その後は、適当に、独身生活をエンジョイしていた。子供は、一人娘で、短大生の十八歳の美花《みか》がいるだけで、彼女を溺愛《できあい》していた。

その彼女が、突然、死んだ。

二年前の五月二十六日である。その夜おそく、甲州《こうしゅう》街道を疾走する車から転落し、後続の車にはねられて、死亡したのだった。

無残な死に方だった。

交通機動隊は、彼女が転落した車を、探した。

目撃者がいて、白のトヨタコロナとわかった。

刑事たちの必死の捜査で、その車の持ち主を突き止めることに成功した。

杉並《すぎなみ》にあるファストフードのチェーン店で働く、川田裕之の車だった。

川田は、山形市内の生まれで、市内の高校を卒業したのだが、高校時代から、いっぱしのワルだった。

彼のワル仲間は、他に、二人いて、一人は、井上操、もう一人は、近藤秀《こんどうしゅう》である。

川田は、高校を卒業後、上京した。東京では、さまざまな仕事をしたが、どれも上手《うま》くいかなかった。それが、ファストフードのチェーン店に入って、なぜか、そこは、上手くなじみ、支店長にまでなった。

二年前の五月、ワル仲間の二人が、東京に遊びに来て、何年ぶりかで、川田に会った。

そして、飲んだ。酔うと、昔のワルの本性が出てきた。やりたいことは、決めていた。井上と、近藤の二人が、東京の若い女とやりたいといい出し、その夜、川田の車を走らせて、物色した。

その標的にされたのが、黒川の一人娘の美花だった。

彼女は、この夜、女友だちの家で、彼女の誕生日を祝い、帰ろうとしていた。甲州街道を最寄りの駅に向かって、歩いていたのである。

三人は、彼女の背後から、車で近づき、わざと、車をぶつけた。倒れたところを、看護するふりをして、車の中に、収容した。

そのあと、走りながら、車内で犯そうとしたが、美花が、激しく抵抗し、叫び声をあげた。もて余した川田たちは、怒り出し、走る車のドアを開け、放り出したのだ。その結果、彼女は、後続車にはねられて、死亡した。

警察は、三人を、過失致死で、送検し、公判になった。

だが、その公判で、三人は、黒川美花本人が、勝手に、リアのドアを押し開け、自分で飛び下りてしまったと主張した。その時自分たちは、危険なので、押さえようとしたが、駄目だったとも主張した。

検事は、三人が、車から放り出したのだと主張したのだが、それを、証明することが出来ず、結局、疑わしきものは罰せずということで、彼等は、釈放されてしまった。

その結果に、父親の黒川は、怒った。

黒川は、若い時から、クレー射撃をやっていたのだが、彼は愛用の銃で、まず、東京の川田を、射殺した。

十津川は、この事件を担当し、黒川は、次に、山形へ行き、残りの二人、井上操と、近藤秀を狙うだろうと考え、山形に飛んだ。

その時、山形県警で、十津川に応援してくれたのが、三浦警部である。

十津川が、県警本部で、東京の事件を説明し、共同で、井上と、近藤の二人を守ることにした。

二人は、怯《おび》えていたが、警察には、非協力的だった。それは、自分たちが、黒川美花という、十八歳の短大生を殺害したことを、認めることになると、考えたからだろう。

そのことが、黒川に有利に働いた。

川田が殺されて六日目の夜、山形市の郊外で、井上操が、射殺されてしまった。

十津川と、三浦は、何としてでも、三人目の犠牲者は出すまいと誓った。

その時、三浦が、黒川を罠にかけることを、提案した。

三人目の近藤秀が、有名な山寺《やまでら》に行くと見せかけて、罠を張ったのである。

黒川が、その罠にはまり、銃を持って、山寺に現われたところを、包囲して、逮捕した。黒川は、刑事に向かって、銃を射《う》ち、必死の抵抗をした。

その際、十津川と三浦は、黒川を制圧するために、拳銃を射った。その一発が、黒川の左の太ももに、命中している。

黒川は、逮捕され、川田と、井上の二人を射殺したということで、十年の有罪判決を受けた。

黒川は、宮城刑務所に収監されたが、鉄格子に、ベッドのシーツを裂いて作ったロープを巻きつけ、首を吊って死亡したのである。

「黒川は、さぞ、口惜しかったと思うね。まだ一人、娘を殺した男が残っていたからな」

と、十津川は、いった。

「では、黒川が、刑務所に放り込まれ、自殺したことへの、何者かの復讐《ふくしゅう》だということですか?」

吉田は、じっと、黒板の文字を、見すえた。

「他に考えられないよ。三浦さんと私の二人が恨まれる事件というのはね」

「しかし、誰が、三浦さんや、十津川さんを恨むんですか? 黒川は、一人娘が殺されたんで、二人を殺して、復讐したんです。二人とも死んでしまって、確か、彼には、肉親はいなかった筈ですよ」

「そうなんだ。だが、いたんだよ。だから、三浦さんが、罠にかけられ、その罠に、私の名前が、使われたんだ」

十津川は、固い表情で、いった。彼にも、敵の正体がわからないのだ。

「もう一つ、わからないことがあります」

　と、吉田が、いう。

「どんなことだ？」

「その人物が、死んだ黒川の仇《かたき》を取ろうと思っているのなら、なぜ、三浦さんや、十津川さんを、殺さないんでしょうか？　殺せないまでも、直接、ぶつかってくるのが本当じゃありませんかね？　なぜ、三浦さんの顔見知りのホステスを殺し、その罪を、かぶせるような、面倒くさいことをしたんでしょうか？　ひどく、屈折している気がするんですが」

「確かに、屈折しているな」

「していますよ」

「いろいろと、考えられるんだが――」

「それを、教えて下さい。私も、納得したいですから」

「例えば、犯人は、女性は殺せるが、私や三浦さんのような屈強な男は、殺す力がなかったということも、考えられる」

　と、十津川は、いった。

「それは、犯人が、女だということですか？」

「それも、あまり、腕力のない女性だ」

「他にも、理由は、考えられますか?」

「犯人は、三浦さんや、私を殺すよりも、こんな方法の方が、相手を苦しませると考えたのかも知れない。殺したら、殺した相手を、苦しませることが、出来ないからね」

「なるほど」

「納得してくれたかね?」

「しましたが、お腹が空《す》きませんか?」

「そうだな」

「ルームサービスで、何か、頼みましょう」

と、吉田が、いった。

二人で、カツ丼と、飲み物を注文した。吉田が、このホテルは、カツ丼が美味《うま》いと、いったからである。

小休止の形で、運ばれたカツ丼を食べた。吉田のいう通り、肉が柔らかく、美味かった。食べ終わって、十津川は、煙草《たばこ》に火をつけた。

そのまま、しばらく、ぼんやりと、紫煙の行先を眺めていたが、急に、立ち上がって、部屋の電話を取り上げた。

東京の捜査本部にかけて、亀井を呼び出した。

「宮城刑務所の電話番号を知りたいんだ」

十津川が、いうと、亀井は、

「黒川信介のことですか？」

「さすがは、カメさんだ。よくわかるね」

「うちと、山形県警が、合同捜査した事件といえば、最近は、あの事件しかありませんから」

と、亀井は、いい、宮城刑務所の電話番号を教えてくれた。

十津川は、ちょっと、時間を気にしたが、それでも、電話をかけてみた。

所長は、すでに帰宅していて、三木《みき》という副所長が、出た。十津川は、自分の名前を告げてから、

「黒川信介のことで、教えて頂きたいことがあるのです」

と、いうと、何を勘違いしたのか、

「あの自殺については、何も、問題はありません。看守は、規則どおりに、働いていて、責任は、ありませんよ」

と、いう。十津川は苦笑して、

「そういうことで、電話したんじゃありません。黒川に、どんな面会人があったか、それを知りたいんです。身内はいなかったと思ったんですが――」

「そうです。しかし、面会人はいました」

「どんな人間ですか？」

「弁護士と、若い女性です。野平《のひら》弁護士、彼は、裁判でも、黒川の弁護に当たった人間でしょう。女性の方は、黒川みどりです」

「黒川？　黒川に、他に娘がいたんですか？」

「一緒に来た野平弁護士が、黒川に、認知されたと、いっていました。確かに、認知されているんです。それで、面会を許可しました」

と、副所長は、いう。

「いつ、認知されたんですか？」

十津川は、きいた。

「それが、黒川が逮捕されたあとで、認知されているんです」

「物好きな女ですね。わざわざ、前科のある父親を持とうというのは」

「それも、彼女の方から、認知して欲しいと、いったらしいのです」

と、副所長は、いう。

「美談というのか、何か、意図があって、そうしたのか」

「所長も、それがわからないと首をかしげていましたね」

「しかし、娘だということで、面会は、許可になったんでしょう?」

「それは、間違いありません」

「どんな女性なのか、知りたいですね。どんな顔をしているのかも」

「これから、FAXで、送りましょう」

と、副所長は、いった。十津川は、ホテルのFAX番号を教えて、いったん、電話を切った。

一時間ほどして、宮城刑務所から、FAXが入った。

運転免許証からコピーしたらしい顔写真がついたFAXである。

〈問題の黒川みどりについて、わかっていることを、お伝えします。

彼女の経歴は、野平弁護士が、伝えてくれたものです。

年齢二十五歳。黒川信介が、正式に結婚する前に関係のあった、相原美代子《あいはらみよこ》との間に出来た子供です。黒川は、ずいぶん長く、美代子が、自分の子供を生んでいたのを知らなかったようです。美代子は、自分で喫茶店を経営し、ひとりで、娘のみどりを育てて来たわけです。

その美代子は、みどりが二十二歳の時に死亡し、そのあと、みどりはOLとして、生活して来たとされています。

黒川信介が、殺人容疑で逮捕され、野平弁護士が、彼の弁護を引き受けて動いているとき、みどりは突然、法律事務所を訪ねて来たと、いいます。彼女は自分の出生証明書などを、野平弁護士に示し、自分は、間違いなく、黒川信介の子供だ、今、黒川さんにとって、一番必要なのは、肉親の力だから、ぜひ認知して欲しいといったそうです。

黒川は、みどりが、自分の娘だということは、認めましたが、今更、前科者の娘になって、苦労することはないだろうと、しばらく、認知を拒否していたんですが、有罪が確定してから、急に、気弱くなったのか、みどりを、認知しました。

黒川は、所内で自殺してしまいましたが、みどりにだけ、遺書を残しています。それに、何が書いてあったのか、見ていないので、わかりません〉

この他に、黒川みどりの外見についても、書き添えてあった。身長百六十八センチとあるから、今どきの女性としても、大きい方だろう。

みどりの住所は、東京都杉並区のマンションになっていた。念のために、夜おそかったが、亀井に電話して、調べて貰うことにした。

亀井は、一時間後に電話して来て、すでに、そのマンションには、住んでいなくて、行先不明ですと、いった。

「これで、一歩前進したな」

十津川は、吉田に、いった。

吉田も、少しばかり、明るい顔になって、

「確かに、一歩、前進しました。三浦さんを、欺し、クロロホルムを嗅がせたのは、この黒川みどりでしょうね」

「他に考えられないよ」

「しかし、三浦さんを、十津川さんの名前を使って、呼び出した人間がいるんです。これは、男の声ですよ。黒川みどりに、男の共犯者がいたんでしょうか？」

吉田が、きいた。

「かも知れないが、変声器を使ったのかも知れない」

「変声器ですか？」

「ああ、それを通して喋ると、女の声が、男の声になるんだ。その上、電話を使えば、なおさら欺されると、思うね」

と、十津川は、いった。

彼は、共犯は、考えにくいと思った。もちろん、黒川みどりは、二十五歳だし、写真を見ると美人でもある。恋人がいても、おかしくはない。

しかし、彼女のやったことは、殺人なのだ。よほど彼女を愛していても、殺人にまで加担はしないのではないか。

黒川みどりという女の性格もある。彼女は、前科者の男が、自分の父親になるのを、嫌がらなかった。というより、自分から進んで、娘になった。そんな女なら、恋人を、殺人事件に巻き込んだりしないのではないか。

十津川は、ＦＡＸを、吉田に渡した。

「その写真を、三浦さんに見せてくれないか。ケガをしたふりをして、三浦さんの車に乗った若い女が、その写真の女かどうか、聞いて貰いたいんだ」

「わかりました」

「イエスの返事が出たら、更に、一歩前進するからね」

と、十津川は、いった。

明日の朝、また、訪ねて来ますといって、吉田は、十津川の部屋を出て行った。

6

翌日、午前十時に、約束どおり、吉田は、また、ホテルにやって来た。

「三浦さんの返事は、どうだった？」

十津川は、きいた。

「それが、わからないといわれるんです。こんな女だったような気もするが、違うような気もすると」

「そうか。女は、髪の形が違うだけで、別人に見えるからな」

「ただ、大きな女性だったことだけは、覚えていると、いわれました」

と、吉田は、いった。

「三浦さんは、あまり、大きくなかったね」

「確か、百六十二、三センチだと思います」

「それなら、百六十八センチの黒川みどりが、大きな女に見えたとしても、不思議じゃないだろう」

と、十津川は、いった。

「そうですね。三浦さんの証言では、あの夜、車で山形駅に向かっている途中で、ケガをしている女を助けたんですが、その時、抱えるようにして、自分の車に乗せた。その時、大きな女だなと、思ったといっておられます」

と、吉田は、いった。

それなら、間違いないだろう。身長の部分は、黒川みどりで間違いないのだ。

「これから、どうしますか？」

吉田が、相談するように、十津川の顔を見た。

「一番いいのは、黒川みどりという女を見つけ出すことだが」

「彼女は、三浦警部を、罠にかけることに成功したんですから、もう、山形から、出てしまっていると思います」

と、吉田は、いった。

「もう、ここには、いないか」

「私が、彼女だったら、そうしますよ。彼女は、成功したんです。まんまと、三浦さんを、殺人容疑者にしてしまったんです。その上、十津川さんの名前を利用することにも、成功しています。こうなれば、遠くから、笑いながら、見守っていればいいんです。ひょっとすると、もう、海外へ逃げてしまっているかも知れないと思います。そうすれば、一番、安全ですからね」

「問題は、遺書だな」

と、十津川は、いった。

「黒川信介の遺書のことですか？」

「そうだよ、宮城刑務所で自殺する前、黒川は、遺書を、みどりに残している。副所長も、中身を見ていないと、いってるんだ」

「十津川さんは、どんなことが、書いてあったと、思いますか」

「それを、ずっと、考えていたんだ。もし、みどりの将来のことを考えれば、何もするな、自分の幸福だけを考えろと、書くだろうね」

「それが違って、三浦さんを罠にかけろと、書いてあったんでしょうか？」

「いや、黒川は、父親だ。そんなことは、書かないと思う。むしろ、自分の幸福を考えろと書いたので、みどりの方が、そんな父親の仇を討つ気になったと、私は思うよ」

と、十津川は、いった。

「内容がわからないと、いらいらしますね」

「私は、東京に帰ってくる」

急に、十津川は、いった。

「みどりが、東京に戻っていると、思われるんですか？」

「いや、野平弁護士に会って来るんだ」

「私は、どうしたらいいですか？」

「私が、もう一つ、心配しているのは、近藤秀のことなんだよ」

「黒川が、狙った三人目の男のことですね」

「そうだ。ひょっとすると、みどりは、彼を殺すことも、考えているかも知れない」

と、十津川は、いった。

「そこまで、やるでしょうか？」

「死んだ黒川美花は、みどりにとって、この世で唯一の妹に当たるわけだよ。近藤秀を殺して、仇討ちを完全なものにしようと、思っているかも知れないんだ」

と、十津川は、いった。

「近藤は、確か、山形市内に住んでいる筈です。若い女と、同棲《どうせい》していると、聞いています」

「それなら、君は、万一を考えて、近藤秀をガードしていてくれ」

「何とかして、近藤を刑務所に放り込めれば、一番すっきりするんですが」

と、吉田は、いった。

「そのうちに、やってやるさ」

と、十津川は、いった。

十津川は、ホテルをチェック・アウトすると、吉田と別れて、山形新幹線に乗り込んだ。

東京に戻ったのは、昼過ぎである。十津川は、その足で、新橋にある野平法律事務所を、訪ねた。

野平弁護士に会う。

「今、山形で、妙なことになっています。県警の三浦警部が、殺人容疑で、逮捕されてしまいました」

と、十津川は、単刀直入に、いった。

「そうらしいですね。しかし、私には、関係ありませんよ」

野平は、眉を寄せて、いう。

「それが、関係があるんです。私は、三浦警部は、罠にかけられたと思っています。その上、仕組んだのは、黒川みどりだと、考えているんですよ」

十津川は、吉田刑事と考えたことを、野平に、ぶつけた。

野平は、手を振って、

「そんなことは、とても考えられませんね」

「黒川みどりさんは、今、どこにいるんですか？　もし、居所がわかっているのなら、彼女に会って、確かめられたら、どうですか？」

十津川がいうと、野平は、急に、不安気な表情になって、

「彼女の行先は、わからないんです。ひとりで、考える時間が欲しいといって、旅行に出かけたのは、わかっているんですが」

と、いった。

「行先も、不明ですか？」

「そうです。いちいち、聞くわけにもいきませんからね」

「黒川の遺書ですが、何が書かれていたか、わかりませんか？」

十津川が、きくと、野平は、あっさりと、

「わかっていますよ」

「じゃあ、内容を見たんですか？」

「黒川みどりさんが、見せてくれました」

「どんなことが、書いてあったんですか？」

「父親らしい優しい言葉が、書きつけてありましたよ。君は、まだ若いんだから、自分の幸福だけを考えて、生きて欲しい。妹の美花の分まで。そう書いてありました」

「やはり、そうですか？」

「やはり――？」

「優しい言葉が並んでいればいるほど、それを読んだみどりさんは、父や、妹のために、何かしてやりたいと、考えるでしょうからね」

「それで、父を逮捕した三浦警部を、罠にかけたというんですか？」

「私は、そう見ています。その上、山形で、近藤秀を、殺すかも知れない。黒川みどりは、そこまでやりそうな気がしているんです」

と、十津川は、いった。

野平は、黙ってしまった。

「彼女は、どんな性格なんですか？」

十津川が、きく。

「私の見たところ、一途《いちず》なところがありますね。感激屋です」

「じゃあ、危いな」

と、十津川は、呟《つぶや》いた。

「参ったな」

野平は、落ち着きを失ってしまったように、見えた。

「黒川みどりが、山形で、ホステスを殺し、三浦警部を犯人に仕立てたことは、もう、どうしようもないと思っています。だが、それ以上の罪を犯させたくないのです。近藤秀は、何とか、警察が、罰するようにします。だから、黒川みどりには、手を出して貰いたくないのですよ」

と、十津川は、いった。

「同感ですが、弱りました。本当に、彼女が何処《どこ》にいるのか、わからないのです」

「もし、彼女から連絡があったら、もう、これ以上、何もするなと、いって下さい。私は、山形に戻って、近藤秀をガードすることにします」

と、十津川は、いった。

その日の中に、十津川は、再び、山形行の新幹線に、乗った。

列車の中で、十津川は、少し眠った。眼をさますと、窓の外に、白いものが、舞っていた。

東北は、まだ、冬なのだと、改めて、思った。

から、

（冬の心――）

と、十津川は、呟く。黒川みどりという若い娘は、この冬景色のように、固い心でいるのだろうか？

山形駅には、吉田刑事が、迎えに来ていた。十津川は、彼のパトカーに乗り込んでから、

「近藤秀は、大丈夫なのか？」

と、きいた。

「大丈夫です。今夜は、友人の家で、徹夜で、マージャンをするそうです。友だち三人が一緒ですから、安全だと思います」

吉田は、車を運転しながら、いった。

彼は、十津川を、前に泊まったホテルに連れて行った。

十津川は、吉田と一緒に、ホテル内の店で、中華料理を食べることにした。夕食を取りながら、野平弁護士との話し合いについて、説明した。

「どうも、黒川みどりは、妹の仇も討つ気でいるらしい」

と、十津川は、いった。

「ということは、彼女は、この山形にいるということですか」

「そう思った方がいいと思う」

と、十津川は、いった。

「県警としては、近藤秀が殺されるのを、放っておく訳にはいきません」

吉田は、いった。

「私だって、そんなことは、黒川みどりにさせたくないよ」

「どうしたらいいと思いますか？」

と、吉田が、きく。

「彼女の居所がわかれば、一番いいんだが、それが出来ないとなると、どうしたらいいかな。ただ漫然と、近藤秀をガードしているのも芸が無いし、第一、不愉快だ」

「その点は、同感です」

と、吉田は、微笑した。

十津川は、考え込んだ。

一番いいのは、近藤秀を、逮捕してしまうことである。

彼は、川田、井上の二人と一緒に、黒川美花を、殺しているのだ。公判では、証拠不十分で、無罪となったが、三人で、一人の女の人生を絶ったことは、間違いないのである。

近藤を逮捕して、刑務所へ放り込めれば、黒川みどりが、新しい殺人に走るのを防ぐことが出来るし、彼女自身も、満足してくれるに違いない。

だが、今の状況で、近藤を逮捕することは出来ないのだ。同じ罪で、同じ人間を再び裁くことは出来ないからである。

もし、近藤を逮捕するのなら、別の事件で、逮捕するよりないのだが、残念ながら、別の事件が、考えつかない。

「黒川みどりは、今、何処にいるのかな？」

「十津川さんは、この山形にいると、思っているんですか？」

吉田が、きいた。

「思っているよ。彼女は、このあと、近藤も殺して、復讐を完全なものにしようと思っている筈だからだよ」

「そんなに、父親の黒川や、妹の美花に対する愛情は、強いんですかね？　しかし、彼女は、生まれてから、ずっと、父親にも、妹にも、会っていなかったんでしょう？」

吉田は、不思議そうに、いった。

「逆にいえば、だからこそ、みどりは、父親や、妹に限りない愛情を持っていたんじゃないかな。彼女は、ずっと、母と二人だけの生活を送ってきた。孤独だったと思う。

そんな自分にも、本当は、父親と、妹がいると、思い続けていたんだと思うよ。だから、それを奪《うば》った人間に、限りない憎しみを持ったのかも知れないよ」

と、十津川は、いった。

吉田が、いった。

「近藤を逮捕できないのなら、黒川みどりを見つけ出して、押さえたいですね」

翌日の午後、ホテルにいた十津川に、東京の野平弁護士から、電話がかかった。

野平は、緊張した声で、

「黒川みどりから、今朝、電話がありました」

と、いった。

「それで、彼女は、何といっているんですか？」

「姉としての務《つと》めを果たすつもりだといっていました」

「姉としての務めを果たすというのは、どういう意味でしょうか？」

「妹の美花を死なせた人間たちに、復讐するということだと思います。そうなのかときいたら、彼女、黙っていましたから」

と、野平は、いった。

「つまり、山形にいる近藤秀を、殺すということですか？」

「もう、彼しか残っていませんから」

「彼女は、他に、何かいっていませんでしたか？」

「私の方から、いろいろ、聞きました。山形県警の三浦警部を、罠にかけたのかとか、そのために、罪のないホステスを殺したのかと、聞きました」

「それで、彼女の返事は？」

「したといいました。彼女も、苦しんでいるんですよ。復讐の一念で、三浦警部を罠にかけ、ホステスも、犠牲にした。次に、近藤秀を殺したいと思っている。でも、心のどこかで、後ろめたさを感じているんですよ。特に、無関係のホステスを殺したことについては、非常に苦しんでいるんだと思います。だから、それを、誰かに聞いて貰いたくて、私に電話して来たんだと思います」

「弁護士なら、秘密を外に洩《も》らさないと、思ってでしょうね」

「だと思います。弁護士には、守秘義務がありますからね」

「それなのに、電話して下さったのは、なぜですか？」

と、十津川は、きいた。

「彼女の気持ちはわかりますが、私としては、無実の人を、そのままにしておくわけには、いきません。県警の三浦警部を、助けることが、結局は、大きくみれば、彼女のためでもあると、思ったのです。三浦警部は、ただ、自分の任務を果たしただけですからね。川田や、井上や、近藤は、絶対に許せないと思いますが」

「なるほど」

「私としては、三浦警部は、助けてあげたい。だから、彼女の電話は、録音しておきました。これで、三浦警部は、助かるんでしょう？」

「助かります」

「その代償というわけじゃありませんが、私から、十津川さんに、お願いがあります」

「どんなことですか？」

十津川が、きいた。

「いずれ、彼女は逮捕され、ホステス殺しで起訴されるでしょう。もちろん、私が弁護を引き受けますが、彼女の心情も、酌《く》んで欲しいと思うのです」

と、野平は、いう。

「わかりました」

「もう一つは、近藤秀のことです。同じ事件について、二度、審理は出来ないことは、よくわかっているんですが、私は、この男を許せないのですよ。彼を何とかして、逮捕して、刑務所に放り込んでくれませんか。そうしないと、彼女が、近藤を殺します。罪を重ねてしまいます」

「わかっています。私だって、何とかして、近藤秀に、手錠をかけたいと、思っているのですよ」

と、十津川は、いった。

「こちらの希望をかなえて下さったら、彼女の電話を録音したテープを送ります」

と、野平弁護士は、いった。

7

「黒川みどりは、間違いなく、この山形にいるよ」

と、十津川は、吉田に、いった。

「近藤を狙っているんですか？」

「そうだ。他に、彼女が、ここにいる理由はない」

「どうしたら、いいんですか？　近藤を、逮捕できませんか」

と、吉田は、いった。

「それを、ずっと考えているんだよ。といって、詰《つま》らないことで、逮捕したくないんだ。軽犯罪法みたいなものではね」

「私も、そう思います」

「それに、黒川みどりが、何処にいるかも、知りたいんだ」

「それは、木村一課長に話して、県警で、探します」

と、吉田は、いった。

吉田は、それを実行するために、県警本部に、帰って行った。

黒川みどりの顔写真は、コピーされ、それを手に県警の刑事たちが、市内、市外のホテル、旅館を探し廻ることになるだろう。

翌朝、吉田は、ホテルに会いに来ると、十津川に向かって、

「今、ホテル、旅館を、しらみ潰《つぶ》しに、黒川みどりを探しています」

「それで、見つかるといいがね」

「近藤秀ですが、一昨夜から今朝にかけて、友人の家で、徹夜で、マージャンをやりました。昼頃まで、その家で、寝るつもりのようです」

「近藤は、今、何をやってるんだ？　仕事は」

「無職です」

「何もしてないのか？」

「父親が、市内で有名な料理店をやっていて、そこを、ちょこちょこ手伝っているんですが、遊びみたいなもので、無職といった方が適当だと、思っています。特に、仲間の川田や、井上が殺されてからは、ぶらぶらしているみたいです」

「女がいると、いっていたね」

「市内のクラブのホステスです。名前は、沖《おき》みや子。二十六歳の派手な女です。父親が、近藤を甘やかして、小遣いを沢山《たくさん》、与えていますから、女遊びも、激しいようです。他にも女はいるらしいんですが、今、一番、親しいのは、この沖みや子というホステスです」

「彼女は、もちろん、独身なんだろう？」

「そうです。市内の高級マンションに住んでいます」

と、吉田は、いった。

「近藤が、その女を殺してでもくれれば、殺人罪で逮捕できるんだがな」

「怖いことをいわないで下さい」

「冗談だよ」

と、十津川は、笑った。

その時、吉田の持っている携帯電話が、鳴った。

吉田は、それを聞いていたが、

「黒川みどりと思われる女が泊まっていたホテルが、わかりました」

と、十津川に、いった。

二人は、すぐ、覆面パトカーで、そのホテルに急行した。

県警の若い刑事が、そこにいて、

「彼女は、昨日の夕方、チェック・アウトしています」

と、吉田に、報告した。

「行先は、わからずか？」

「はい。ただ、フロントで、三日町《みっかまち》には、どう行けばいいか、聞いたそうですよ」

「三日町？」

吉田の表情が変わる。十津川は、

「どうしたんだ？」

「三日町というのは、近藤秀のマンションがある場所です」

と、吉田が、いった。自然に、十津川の表情も、こわばった。

「行ってみよう」

「案内します」

吉田がいい、二人は、パトカーで、三日町に向かった。

バス停の近くのマンションだった。最近、建った八階建のマンションである。ここの最上階、805号室に、「近藤」の名前があった。が、まだ、彼は、帰っていなかった。

「友だちの家で、まだ、寝てるんでしょう」

と、吉田が、笑った。

覆面パトカーを、駐《と》めて、二人は、車内から監視することにした。近藤の帰ってくるのと、黒川みどりが、現われるのをである。

なかなか、どちらも、現われない。その中に、周囲が暗くなってきた。

吉田は、手帳を取り出し、近藤が、徹夜マージャンをやった友人宅に、電話をかけた。

近藤が、まだ、そちらにいるかどうかを聞くためだが、返事は、二時間も前に、帰ったというものだった。

「おかしいです。とっくに、帰宅していなければならない時間です」

と、吉田が、いう。

った。

「彼の部屋を調べてみよう」

「それは、不法侵入になるんじゃありませんか？」

「ひょっとすると、人が一人、死ぬかも知れないんだよ」

十津川は、叱りつけるようにいい、車から飛びおりると、マンションに、入って行った。

管理人に、警察手帳を見せ、805号室を開けるように、いった。

マスターキーでドアを開き、十津川と、吉田は、2LDKの部屋に入った。十津川は、まっすぐ、電話の傍に行き、留守番電話のボタンを押した。

若い女の声が、入っていた。

「あたしよ。今夜の、十時に、山寺へ来て。さもないとあたしは、殺される」

怯《おび》えた声だ。

「多分、近藤の女の沖みや子ですよ」

と、吉田は、いった。

十津川は、腕時計に眼をやった。午後八時になったところだった。

車に戻ると、十津川は、すぐ、山寺へ向かって、発車した。

「山寺といえば、私と、三浦警部が、黒川信介を罠にかけた場所だよ。近藤が、山寺に来るといって、黒川をおびき出して、逮捕したんだ」

車の中で、十津川が、いった。

「黒川みどりは、それを知っていて、わざと、山寺へ近藤を誘い出すんでしょうか？」

「多分ね。近藤は、外から、自分のマンションに電話をかけ、留守電を聞いたんだろう。だから、自宅に戻らずに、山寺へ向かったんだろうと思う」

「黒川みどりは、近藤の女をおとりにして、彼を、山寺へおびき出して、どうするつもりですかね？」

「多分、妹の仇を討つ気だ」

「つまり、殺す気ということですか？」

「それを、やめさせるんだ」

と、十津川は、いった。

仙山《せんざん》線の、山寺駅を右手に見て、左に折れると、いわゆる山寺と呼ばれる立石寺《りっしゃくじ》が、見えてくる。

山全体が、立石寺の境内である。すでに、とっぷりと、夜の暗さが、支配している。

月明かりが、ぼんやりと、寺の姿を、浮かびあがらせていた。

ところどころに、残雪が、かたまりを作っていた。

二人は、パトカーから降りた。冷気が、襲いかかってくる。

「拳銃を、持っているか？」

と、十津川が、小声で、吉田に、きいた。

「持っていますが、使うことになると思いますか？」

吉田も、小声で、きき返す。

「そうなるかも知れない」

と、十津川は、いった。

二人は、山のふもとの根本中堂から、奥の院へ向かう石段を登って行った。

奥の院の如法堂まで、千十五段の石段である。

近藤や、みどりたちは、何処にいるのか。周囲を窺《うかが》いながら、ゆっくり登って行くのだが、なかなか、人の姿は、見えない。

ふと、上の方で、人の声がした気がして、二人は、足を止め、耳をすませた。

確かに、人声だった。一人ではなく、男と女の声だが、小さい声なので、何をいっているのか、わからない。

「急ぎましょう」

と、吉田が、いった。

石段を登るのは辛い。十津川も、吉田も、息がはずみ、動悸《どうき》が激しくなってくる。登るにつれて、男と女のいい争う声は、大きく聞こえてきた。それに、せき立てられるように、二人は、石段を登るスピードを早めて行った。

聞こえていた男と女の声が、ふいに、止《や》んだ。

声は、五大堂の中から、聞こえていたのだ。

そこから見える景色は、絶景だといわれる場所である。

二人は、石段を登りきり、五大堂の建物に、突進した。

がらんとした建物の中に、月の光に照らされて、突っ立っている男の姿が、見えた。

近藤秀だった。右手に、大きなナイフを持っている。

その向こうに、女が、倒れているのが見えた。もう一人の女は、隅に、うずくまっている。

「近藤！」

と、十津川は、大声で、叫んだ。

ぎょっとしたように、近藤が、振り向いた。その顔に、十津川は、懐中電灯を向け、スイッチを入れた。

いきなり照らしつけられて、近藤の顔がゆがむ。

「逮捕しろ！」

と、十津川は、吉田に向かって、叫んだ。

吉田が、近藤の腕をつかんだ。

十津川は、倒れている女に近づいた。懐中電灯を向ける。

写真で見た黒川みどりだった。腹のあたりから、血が吹き出している。その血が、彼女のセーターをぬらし、コートをぬらしている。

「しっかりしろ！」

と、いったが、返事はない。

十津川は、携帯電話で、救急車を呼んだ。

「その女が、悪いんだ！」

と、近藤が、手錠をかけられた身体を、よじるようにして叫ぶ。

「何を寝言をいってるんだ！」

十津川が、振り向いて、怒鳴《どな》った。

「そいつが、みや子を誘拐して、おれを、ここへおびき出したんだ。そいつは、誘拐犯だぞ！」

と、近藤が、いう。

十津川は、隅にうずくまっている女に、懐中電灯を向けた。

派手な顔立ちの女だった。声もなく、ふるえているのだ。

「誘拐されたようには、見えないな」

と、十津川は、いった。

「みや子！　刑事にいってやれ。そこの女に、ナイフで脅《おど》かされたんだって」

近藤が、叫ぶように、いう。だが、みや子は、声が出ないのか、黙ったままだ。

「お前は、黒川みどりを刺したんだぞ」

と、十津川は、近藤に向かって、いった。

「正当防衛だ！」

近藤が、叫ぶ。

「何が、正当防衛だ？」

「そいつは、ナイフで、おれや、みや子を脅したんだ。だから、正当防衛だ。調べてみろ。ナイフを持ってる」

近藤が、いう。

十津川は、倒れている黒川みどりの傍《そば》から、白く光るものを拾いあげて、

「このことを、いってるのか？」

と、近藤に、きいた。

「そうだ。そのナイフで、おれや、みや子を脅したんだ。おれが、やらなければ、みや子は、殺されていた。だから、正当防衛だ！」

「よく見ろ！　これが、ナイフか？」

十津川は、手に持ったものを、近藤の鼻先に、突きつけた。

ナイフの形をした、長細い櫛《くし》なのだ。

近藤の顔が、醜《みにく》くゆがむ。

「ナイフに見えたんだ！」

「法廷で、そんな言いわけが、通用するかな」

と、十津川は、いった。

近藤は、言葉を失って、黙ってしまった。十津川は、黒川みどりの傍にひざまずいて、顔を、のぞき込んだ。

懐中電灯に照らされたその顔は、生気を失って、白茶けている。

（遅いな！）

十津川は、胸の中で、叫んだ。救急車が、来ないのだ。

「大丈夫ですか？」

と、吉田も、心配して、声をかけてくる。

「大丈夫の筈がないだろう！」

十津川は、思わず、叱りつけた。

やっと、遠くで、救急車のサイレンの音が聞こえた。

救急車がとまり、担架をもった救急隊員が、石段を、あがってくる。

それも、いらいらするほど、遅い。

やっと、白い服の救急隊員が、姿を現わした。

「すぐ、病院へ運んで下さい」

と、十津川は、いった。

救急隊員が、黒川みどりを担架にのせ、今度は、石段をおりて行った。

十津川と、吉田は、手錠をかけた近藤を、はさむようにして、石段をおりた。怯えたままの沖みや子が、それに続いた。

二人をパトカーに乗せて、山形市内の県警本部に、運んで行った。

まず、取調室に、近藤秀を入れ、十津川と、吉田が、訊問した。

「一昨日、友人の家で、徹夜のマージャンをして、今日、念のために、留守電を聞いたら、みや子が、ふるえる声で、今夜十時に、山寺へ来てくれと、いっていたんだ。それで、その時間に、山寺へ行ってみた。そしたら、あの女が、みや子を誘拐して、おれを、待ち伏せていたんだ」

と、近藤は、いった。

「留守電を聞いたって？」

「そうだよ。外から、自分の電話にかけると、留守電が、聞けるようになっているんだ」

「じゃあ、もう一度、かけてみたまえ」

と、十津川は、携帯電話を渡した。

近藤は、それを使って、自宅マンションに電話し、じっと留守電を聞いていたが、急に、顔色を変えて、

「おかしいよ」

「何が、おかしいんだ？」

「おれの留守電に、みや子の声が、入ってないんだよ」

と、近藤は、いう。

「電話をかけ違えたんじゃないのか？」

「そんなことはない。ちゃんと、自宅の電話にかけたんだ。他の留守電は入っているのに、みや子の伝言だけが、消えているんだ」

「そんなものは、最初から、無かったんじゃないのかね？」

十津川が、きいた。近藤は、急に、険《けわ》しい眼つきになって、

「ひょっとして、あんたたちが、みや子の伝言を、消去してしまったんじゃないのか？」

「なぜ、私たちがそんなマネをしなければならないのかね？」

「決まってるじゃないか。おれの正当防衛を崩して、おれを刑務所へ送り込むためだ」

「バカバカしい」

「あんたたちは、最初から、おれを憎んでいて、何としてでも、有罪にしたいんだ」

近藤が、わめくように、いう。

その時、若い刑事が入って来て、十津川と、吉田に、

「今、病院から電話で、黒川みどりは、亡くなったそうです」

と、告げた。

十津川は、じっと、眼の前の近藤を睨《にら》んだ。

「お前の罪が重くなったぞ。殺人未遂じゃなくて、殺人だ」

「正当防衛だ」

「誰が、そんなタワ言を信じるか。お前は、前にも、東京で、仲間と一緒に、黒川美花という娘を殺してるんだ。これで、二人目だ。極刑は、まぬがれないな」

と、十津川は、いった。

8

山形県警は、近藤秀を、黒川みどり殺害容疑で、送検した。

東京から、野平弁護士が、やって来て、十津川に会うと、

「約束のものを持って来ました」

と、黒川みどりの電話を録音したテープを、渡してよこした。

野平の質問に対して、みどりが、三浦を罠にかけて、殺人犯人に仕立てたと、告白

しているテープだった。

これで、三浦警部の容疑は、晴れるだろう。

「ただ、残念なのは、黒川みどりを、死なせてしまったことだ」

十津川が、いうと、野平は、首を横に振って、

「私は、そうは、思いません」

「なぜです」

「彼女は、三浦警部を罠にかけるために、無関係のホステスを殺しています。それを、きっと、後悔していたと思うのです。だから、最後の近藤秀に対して、復讐をすませたら、自分は、死のうと、決心していたんだと思いますよ」

と、野平は、いった。

「最初から、近藤に、自分を刺させて、彼を、刑務所に送ってやろうと考えていたということですか？」

「そうです。だからこそ、ナイフに見える金属の櫛を用意していたんだと思うのです。それを、ちらちらさせれば、近藤は、自分を刺すだろうと、計算していたんだと思いますよ」

「なるほどね」

十津川も、肯いた。確かに、そう考えられる節がある。

「彼女の遺体ですが、司法解剖が終わったら、東京へ運ぶつもりです」

と、野平は、いった。

「それで、どうするんです？」

「多磨《たま》霊園に、黒川家の墓があるんです。そこに入れて、黒川信介、美花の遺骨と一緒にしてやろうと、思っているんです。父親の信介さんも、それを望んでいると思うのです」

「それはいい。お墓の中で、黒川みどりは、ずっと離ればなれになっていた、父親や妹と一緒になれるわけだ」

と、十津川は、いった。

十津川は、わざと、三浦警部とは会わずに、東京に帰ることにした。

三浦だって、十津川に、礼をいうのは、照れ臭いだろうし、十津川にしても、勝手に、三浦を助けに来たので、彼に、助けてくれと、頼まれたわけでもなかったからである。

急に出発したのだが、山形駅には、吉田刑事が、送りに来た。

十津川が、列車に乗り込むと、吉田は、黙って、封筒を、十津川に、手渡した。

列車が走り出してから、十津川は、その封筒を開けた。右上りの下手な字で、

〈ありがとう。ありがとう〉

と、それだけ書いてあった。

（三浦警部らしい）

と、十津川は、思わず笑った。

解説

山前　譲

　江戸時代のお伊勢参りや大山詣《まい》りは、もちろん信仰心がベースにあっての旅だが、同時に観光も目的となっていたようだ。旅の目的は人それぞれだろう。神社仏閣巡りはアニメが呼び水となって若い世代にも人気である。景勝地を愛でたり、土地土地のグルメを堪能したり……。そして移動手段としての鉄道を楽しむ人も多い。一九七八年刊の『寝台特急《ブルートレイン》殺人事件』以来の、西村京太郎氏の鉄道をメインとしたトラベルミステリーの人気ぶりがそれを証明しているはずだ。

　本書『十津川警部　疑惑の旅路』にはお馴染《なじ》みの十津川警部の活躍が三作収録されている。北海道、北陸、そして東北を舞台にして、難事件が警視庁の名警部を苦しめるのだった。

　最初の「『C62ニセコ』殺人事件」（『別冊小説宝石』一九八八・九　光文社文庫『「C62ニセコ」殺人事件』収録）は北海道を走る蒸気機関車（SL）がアリバイの

鍵《かぎ》を握っている。社長夫人の他殺体が札幌のホテルで発見される。夫婦仲は良くなかったらしく、夫が疑われるが、確固たるアリバイがあった。犯行推定時刻には、蒸気機関車のC62が牽引《けんいん》する函館本線の列車に乗っていたというのだ。小樽《おたる》で偶然会ったという女性タレントが一緒だった。会社のコマーシャルに出てもらったことがあるというのだが……。

「C62ニセコ号」は一九八八年四月から一九九五年十一月まで運行された臨時快速列車である。作中でも紹介されているが、民間団体の北海道鉄道文化協議会が資金を募って走らせた。当初はここに描かれているように小樽・倶知安《くっちゃん》間だったが、一九九〇年五月からニセコ駅まで延長されている。

使用されていたのはC62の三号機だった。D52の改造車両という形で一九四八年に製造され、東海道本線や山陽本線を走っていたが、一九五六年に北海道に移され、函館本線の「急行ニセコ」などを牽引した。

日本の鉄路を担ってきた蒸気機関車は、鉄道沿線住民の煙害やメンテナンスの苦労もあって、しだいに姿を消していく。最後の蒸気機関車による旅客列車が北海道・室蘭《むろらん》本線を走ったのは一九七四年十二月十四日だ。ただ、『「C62ニセコ」殺人事件』の社長のように、愛着を抱く人は多く、展示保存される車体もあった。

十津川警部シリーズでは、「SLに愛された死体」に東京の幼稚園に引き取られることになったC62型機関車が登場している。一九七二年、鉄道開業百年を記念してできた京都の梅小路《うめこうじ》蒸気機関車館では、蒸気機関車が動態保存されてきた。しかし、やはり鉄道ファンが見たいのは路線を走っているSLだろう。

いち早くそこに着目したのは静岡県の大井川鐵道である。一九七六年七月、大井川の渓谷に沿ってC11による「川根路号」が走りはじめ、大きな話題となった。十津川シリーズでは、「展望列車殺人事件」や「十津川警部C11を追う」、そして『十津川警部「記憶」』で舞台となっている。

当時の国鉄もそれを無視はできなかったようである。一九七九年八月、山口線で「SLやまぐち号」が復活したのだ。「貴婦人」の愛称で親しまれていたC57が、新幹線と接続する新山口から津和野まで、六二・九キロメートルを走りはじめたのである。その「SLやまぐち号」は今も人気の列車だ。

それを受けて、北海道の「SL冬の湿原号」、「SLふらの・びえい号」、「SLすずらん号」、「SL函館・大沼号」のほか、磐越西線の「SLばんえつ物語号」、栃木県・真岡鐵道の「SLもおか号」、上越線の「SL奥利根号」、北陸本線「SL北びわこ号」、九州の「SLあそBOY」などと、観光列車として蒸気機関車の勇姿を見ることができるようになった。

　残念ながら「C62ニセコ号」にはもう乗車することはできないが、蒸気機関車の旅はそこかしこで楽しめる。『十津川警部　君は、あのSLを見たか』、『SL「貴婦人号」の犯罪』、『十津川警部　雪とタンチョウと釧網《せんもう》本線』、『十津川警部　秩父SL・三月二十七日の証言』、そして最後の事件となった『SLやまぐち号殺人事件』といった、十津川警部シリーズでも紙上乗車ができるのだ。「『C62ニセコ』殺人事件」はそんなSLの旅に仕掛けられたアリバイ・トリックに、十津川警部が挑んでいる。

　つづく「十津川警部の標的」(「別冊小説宝石」一九九四・九　光文社文庫『十津川警部の標的』収録)では北陸の温泉で十津川の捜査行が展開されていく。

　クラブのホステスが新宿の公園で殺された。十津川警部はすぐに容疑者を割り出し、自室に残されていた観光案内から、北陸に逃亡したのではないかと推測する。亀井刑事とともに小松空港へ飛び、レンタカーを借りて北陸本線の加賀温泉駅に向かう。そして、片山津、山代、山中と温泉郷をしらみつぶしに追跡する。そしてあるホテルで有力な情報を得るのだった。

　加賀温泉駅の北に片山津温泉、南に山代温泉と山中温泉がある。また東側には粟津温泉があり、これらを総称して加賀温泉郷と呼ばれている。石川県の人気の温泉郷だ。明治になってから開発が進んだ片山津温泉以外は、千三百年ほどの歴史がある。与謝野晶子や高浜虚子ら、多くの文人に愛されてきたという。

もちろん、容疑者を追っての旅なので、十津川と亀井が温泉でのんびりとくつろいではいない。ふたりの捜査行は、福井県の芦原温泉へ、そして人気の観光地へと延びていく。やがて意外な犯罪の動機が明らかになり、サスペンスフルなストーリーが展開されていく。事件の決着は思わぬ人気観光地で……。

十津川警部シリーズでは、『怒りの北陸本線』、『金沢加賀殺意の旅』、『十津川警部「目撃」』といった長編、さらには「加賀温泉郷の殺人遊戯」、「北陸の海に消えた女」、「恋と殺意ののと鉄道」といった短編で、北陸の温泉が事件に絡んでいた。

二〇一五年三月に北陸新幹線が金沢まで開業して、そうした温泉への首都圏からのアクセスが格段に良くなった。さらに西へと延伸されていく北陸新幹線には、加賀温泉駅や芦原温泉駅が設けられることになっている。ますます観光客を誘うに違いない。

最後の「十津川警部　みちのくで苦悩する」（「小説現代」一九九八・二　講談社文庫『十津川警部みちのくで苦悩する』収録）は山形県が舞台である。

二年前、十津川と合同捜査をしたことのある山形県警の三浦警部に、ホステス殺しの容疑がかけられた。深夜、三浦の車の中で、首を絞められているホステスの死体が発見されたからである。

　事件当日の行動について三浦はこう主張する。十津川と名乗る人物から、二一時二〇分山形着の山形新幹線に乗っているのだが、ぜひ相談したいことがあるという電話があった。そこで車で迎えに行く途中、若い女に止められる。車にはねられたので、近くの病院まで運んでほしいというのだ。ところが、彼女をリアシートに乗せて走り出そうとした時、クロロホルムを嗅《か》がされて気を失ってしまう。そして気がついたら、山形駅に近い霞城《かじょう》公園の濠端で寝ていたのだと。

　三浦に電話をかけたことはなかったのだが、自分の名前が使われたことに責任があると思う十津川は、山形新幹線の「つばさ185号」で山形へと向かう。山形駅に着くと、町のところどころに雪の山があった。寒さの厳しい北国での捜査行は、やがて二年前の事件に焦点が絞られていく。

　一九八一年に日本推理作家協会賞を受賞した『終着駅《ターミナル》殺人事件』を初めとして、十津川警部シリーズに東北地方を舞台にした作品の多いのは周知のことだろう。山形県を舞台にした長編としては、まず『急行もがみ殺人事件』や『みちのく殺意の旅』が書かれ、一九九二年七月に東京駅から山形駅まで山形新幹線が開通してからは、『山形新幹線「つばさ」殺人事件』、『東京・山形殺人ルート』、『十津川警部　赤と青の幻想』、『災厄の「つばさ」121号』、『十津川警部　ロマンの死、銀山温泉』、『つばさ111号の殺人』などが書かれていく。

新幹線とはいうものの、山形新幹線は福島駅から先は在来線の軌道を広軌にしたミニ新幹線である。その区間は最高速度は百三十キロだ。とはいえ、一九九九年十二月に新庄駅まで延伸開業した山形新幹線が、山形県へ多くの観光客を導いたのは明らかだろう。

この「十津川警部　みちのくで苦悩する」では、季節的に十津川警部は味わうことはなかったようだが、山形県はフルーツの生産が盛んである。西洋ナシ、サクランボ、アケビは全国一の生産量を誇っているそうだ。

その他、リンゴやブドウ、ラズベリーやメロンの生産も多いが、山形を代表するのはなんといってもサクランボではないだろうか。旬の期間がじつに短いのにも旅心をそそられる。もちろん今はお取り寄せも可能だが、山形のサクランボ園で食べ放題を楽しんでしまうとリピートは確実だ。『十津川警部　赤と青の幻想』はそのサクランボの枝が謎解きの鍵を握っていた。

そして温泉である。なんでも山形県は全市町村に温泉があるという。『十津川警部ロマンの死、銀山温泉』の銀山温泉を初めとして、肘折《ひじおり》温泉、蔵王《ざおう》温泉、かみのやま温泉、温海《あつみ》温泉、赤湯温泉、そして天童温泉などとまさに温泉三昧《ざんまい》である。山形新幹線にも赤湯駅やかみのやま温泉駅があるくらいだ。

しかし、十津川の旅は観光目的ではない。三浦警部は罠《わな》にかけられたと確信している十津川は着実に事件の真相に迫っていく。そして、山形市の人気観光地でスリリングなエンディングを迎えるのだ。

十津川警部の捜査行で紙上旅行を楽しんでいると、やはり実際にその舞台を訪れたくなる。先日、御宿《おんじゅく》の伊勢エビ祭りにつられて千葉県の房総半島を訪れたが、いすみ鉄道や銚子《ちょうし》電鉄に乗車したのも、やはり十津川警部が解決した数々の事件に誘われてだった。日本人の旅心を大きく刺激してきたのが西村京太郎氏の作品群である。それはこの『疑惑の旅路』に収録の読み応えたっぷりの三作でも明らかだろう。

（初刊本の解説に加筆・訂正しました）

二〇二三年一月

この作品は２０２１年２月徳間書店より刊行されました。
なお、本作品はフィクションであり実在の個人・団体などとは一切関係がありません。

徳間文庫

十津川《とつがわ》警部《けいぶ》 疑惑《ぎわく》の旅路《たびじ》

2023年2月15日 初刷

著者 西《にし》村《むら》京《きょう》太《た》郎《ろう》

発行者 小宮英行

発行所 株式会社徳間書店

東京都品川区上大崎三-一-一 〒141-8202
目黒セントラルスクエア

電話 編集〇三(五四〇三)四三四九
販売〇四九(二九三)五五二一

振替 〇〇一四〇-〇-四四三九二

印刷 大日本印刷株式会社
製本

ISBN978-4-19-894833-7 (乱丁、落丁本はお取りかえいたします)